De las Ciencias a la Sanación

Una Ingeniera que Transforma su Vida

Ximena Salas

Copyright © 2024 by Ximena Salas

Todos los derechos reservados.

ISBN: 9798280699502

Dedicado a mi esposo e hija, que me han apoyado y amado incondicionalmente en este viaje. Gracias por ser mi fuente de inspiración y motivación.

Ximena Salas es Ingeniera Civil Industrial de la Universidad de Chile y terapeuta mental. Tras una exitosa carrera en el mundo corporativo de casi 30 años, experimentó un profundo despertar que la llevó a transformar su vida y su propósito. Se formó como Maestra de Reiki, Terapeuta en Meditación, Hipnosis Clínica, y ha dedicado los últimos años a estudiar Metafísica teológica y practicar diversas técnicas de sanación energética y bienestar emocional.

Hoy, como terapeuta, acompaña a las personas en su proceso de transformación, guiándolas hacia el equilibrio físico, mental y emocional. Su misión es compartir las herramientas que la ayudaron a sanar y encontrar su propósito, para que otros puedan vivir una vida plena y en armonía.

Fotografía realizada por Mercedes Fontecilla

De las Ciencias a la Sanación

Una Ingeniera que Transforma su Vida

Ximena Salas

Tabla de Contenido

PRÓLOGO 11

    CAPÍTULO 1 13

    Origen 13

    CAPÍTULO 2 41

    Despertar de la Ingeniera 41

    CAPÍTULO 3 75

    Tiempos de Cambio 75

    CAPÍTULO 4 93

    Un Viaje de Energía y Fe 93

    CAPÍTULO 5 111

    Camino de Aprendizaje 111

    CAPÍTULO 6 133

    Proceso de Transformación 133

    CAPÍTULO 7 145

    Integración hacia un Nuevo Propósito 145

EPÍLOGO 157

Un Nuevo Comienzo 157

PRÓLOGO

Decidir convertirse en sanador es un viaje transformador, lleno de retos y recompensas. Este libro es un relato de mi viaje hacia una transformación personal y profesional, un testimonio de cómo pasé de ser una Ingeniera Civil Industrial, acostumbrada a trabajar con números y planillas de Excel, a ser una sanadora dedicada a estudiar Metafísica teológica y técnicas de sanación, luego de conectar con mi alma y descubrir mi conexión con el mundo espiritual y la energía universal.

A través de esta historia de resiliencia, búsqueda y autodescubrimiento, espero inspirar a otros a emprender su propio viaje, desafiando sus creencias y sus miedos, en búsqueda de una vida plena, con un propósito claro, con sentido, y que les permita conectar con su verdadera esencia y la grandeza de su ser.

Los invito a acompañarme en esta travesía, donde la energía, la conexión espiritual y la sanación se integran en un solo proceso, con el propósito de ponerlo al servicio de los demás.

CAPÍTULO 1

Origen

Nací en Santiago de Chile, el año 1967, en una familia de clase media muy tradicional, integrada por un padre trabajador y único proveedor de la familia; y una madre dedicada al hogar y al cuidado de cinco hijos, dos hombres y tres mujeres, siendo yo la cuarta. Tal vez tuve la conducta de los hijos del medio, siempre muy tranquila y estudiosa; disfrutaba de leer, colorear y escuchar música, sin importarme el apodo de "aburrida y seria" que mis hermanos me otorgaban, pero que olvidaban en los momentos que salíamos juntos a jugar, andar en bicicleta, subir el cerro cercano a nuestra casa, recoger moras, y otras tantas actividades y travesuras que realizábamos juntos. Por esta personalidad más disciplinada y responsable que la de mis hermanos, excepto mi hermano Jorge, mi madre en reiteradas ocasiones decía que yo no parecía ser su hija. Medio en broma, medio en serio, decía que tal vez me habían cambiado con otra bebé al nacer, sin embargo, mi parecido físico a ella era innegable.

Mis padres, a pesar de no haber tenido estudios profesionales, siempre nos transmitieron la importancia del esfuerzo y la dedicación para alcanzar nuestros objetivos en la vida, lo que debía ser acompañado de valores cristianos firmes y leales, doctrina que reflejaba su activa participación en la iglesia católica de esa época. Lo que no imaginaron en ese momento fue el alcance que tendrían esas enseñanzas en mí y en mi futuro personal y profesional.

Desde muy pequeña mi sueño fue hacer algo que me permitiera aportar para un mundo mejor. A pesar de mi timidez y mis pocas habilidades sociales, en ese momento sentía que quería volar y descubrir un mundo donde había mucho por aprender.

Pese a las dificultades financieras de mi familia, siempre tuve la oportunidad de tener buenos estudios. Mi curiosidad e interés constante por aprender nuevas cosas me ayudaron a encontrar, en cada etapa, a personas maravillosas que me guiaron e impulsaron a perseguir mis sueños y no conformarme con lo que parecía ser el destino de personas con pocos recursos económicos.

Recuerdo a mi profesora Ivette de la primaria, quien me hacía participar, a pesar de mi timidez, en cuanto evento había en el colegio, ya fuese como presentadora, bailando, recitando poesías, desfilando para las festividades, etc., todo como premio por mis buenas calificaciones

En una época donde los profesores eran muy respetados por los alumnos y la familia, no fueron pocas las veces que la Srta. Ivette, como yo le decía, conversó seriamente con mi papá porque sentía que no me apoyaba lo suficiente en mis actividades.

El Sr. Silva, profesor de lenguaje, era un hombre de avanzada edad que me enseñó el amor por la poesía, la escritura y la lectura. Hoy me doy cuenta de que el día que vi en su casa un hermoso piano, el cual tocó por unos minutos después de ver mi cara de asombro e interés, se sembró en mí el deseo por aprender algún día a tocar ese instrumento. En ese momento mi mente lo vio como un sueño inalcanzable, sin embargo, hoy en día estoy aprendiendo a tocar pequeñas melodías en mi propio piano, regalo de mi amado esposo. Así funciona la energía, si deseas algo es porque está al alcance de tu mano, es una ley universal, sin embargo, a veces con el paso de los años olvidamos nuestros sueños y los dejamos guardados en rincones profundos de nuestra mente.

Otra persona muy importante en esta etapa de mi infancia fue la Srta. María Cristina, profesora de arte y manualidades, quien le recomendó a mis padres cambiarme al colegio "Nuestra Señora de Guadalupe" donde ella también dictaba clases. Ella consideraba que ahí tendría mayores posibilidades de aprender, crecer y desarrollar mi potencial académico. Este colegio, administrado por monjas guadalupanas, pero cuyas clases eran impartidas por profesores tradicionales, impulsaba el amor a

Dios y a la divinidad a través de pequeñas acciones como la oración, la ayuda comunitaria y el vivir de una manera noble y bondadosa, sin imponer una religión.

Este cambio estratégico, fue clave para darle un giro a mi vida hacia un destino diferente al que esperaba mi familia y mi entorno más cercano. Con los años me di cuenta de que, gracias a la experiencia vivida en este nuevo colegio, se incrementó en mí corazón, el amor y conexión tan profunda que siempre había tenido con La Virgen María y Jesucristo, en quienes me refugiaba cada vez que me sentía perdida y asustada. A mi edad, yo solo me dejaba guiar por aquellas personas que, de manera honesta y cariñosa, irrumpían en mi camino y motivaban a mis padres a tomar decisiones que no estaban en sus planes, distintas al camino de mis hermanos o vecinos. Siempre sentí que Dios las ponía en mi camino para ayudarme y mostrarme el rumbo.

Terminando la educación primaria, mis buenas calificaciones me permitieron ingresar al Liceo N°1 Javiera Carrera, que era el mejor colegio público de mujeres de la época. Comencé con la alegría e ilusión de recibir una formación que me permitiera cumplir con lo que tanto deseaba, llegar a la Universidad para ser una gran profesional, mejorar mi vida, la de mi entorno, y que además me permitiría vivir feliz y en armonía, como a mí me gustaba.

Este sueño de llegar a la universidad y ser una gran profesional se sembró en mí con gran fuerza, a pesar de que era algo que en mi familia y en mi entorno no estaba considerado.

Siempre había sido una joven tenaz. A mis catorce años, mientras mis hermanos y amigas soñaban con fiestas o romances adolescentes, yo me enfocaba en mis estudios y aprendizaje.

En plena adolescencia, esa ilusión que hacía vibrar mi corazón; dar el primer paso hacia un camino brillante y exitoso, se vio enfrentada a una dura realidad: las creencias de mi familia, la actitud machista de mi padre y su constante amenaza de que en esa casa se hacía lo que él decía y si no te gustaba te tenías que ir.

Desde un comienzo sabía que mi camino estaría lleno de desafíos. Aparecieron frente a mí las sombras y temores de mi familia, en especial de mi padre. Al miedo de no tener los recursos suficientes para costear mis estudios, le siguieron los constantes discursos y descalificaciones de mi padre que, con mucha fuerza, me transmitían que para él yo quería ser una profesional universitaria porque me sentía superior a ellos. Por mucho tiempo no entendí porque me decía cosas tan agresivas y ofensivas, que me provocaban un gran dolor y tristeza, cuando mi única intención era lograr ser exitosa por mí y por ellos principalmente. Con el tiempo entendí que la inseguridad y el miedo a lo desconocido son limitaciones que impiden ver la verdadera intención detrás de una buena acción. Puede ser que mi padre se sintiera amenazado con mis sueños y por eso actuaba de forma tan agresiva conmigo, sin darse cuenta de las heridas que me causaba.

Gracias a mis buenas calificaciones obtuve una beca que me aportaría recursos financieros mensuales para mis estudios escolares y universitarios, en caso de llegar a la universidad, siempre y cuando mantuviera buenos resultados. Sentí que mis incansables días entre libros y cuadernos daban su fruto, y que esta beca, más que un premio, era una señal. Como si el universo, silenciosamente, volviera a abrirme una puerta y me susurrara: "Sigue. Este camino es para ti. No estás sola".

El día que fui a buscar mi primera entrega de dinero, lo hice con la ilusión de que ya estaba resuelta la duda del financiamiento de mis estudios. Este monto, que, para mí, simbolizaba un pequeño tesoro, más allá de la cantidad, pensé que también sería la ayuda que mis padres necesitaban para apoyarme, así que apenas me avisaron que estaba listo para ser retirado, partí a buscarlo.

Sin embargo, todo se desmoronó aquella misma tarde. Cuando regresé a casa con el sobre en la mano y una sonrisa que no podía ocultar, pensando en lo feliz y orgullosos que estarían mis padres, mi papá me estaba esperando.

Muy enojado me preguntó dónde estaba yo a esa hora. Muy asustada, y sosteniendo el sobre en mi mano como si fuera un escudo, le respondí que había ido a buscar el primer pago de la beca.

Mi padre, a diferencia de lo que yo esperaba, no se mostró orgulloso, ni feliz, solo hizo un gesto de desdén que pronto se tornó en furia. "¿Y por qué no me avisaste? ¿Qué clase de hija te crees para hacer cosas sin mi permiso?", dijo muy enojado. Su voz retumbó en la pequeña sala, y yo sentí cómo mi triunfo se derrumbaba. Intenté explicarle que había sido algo inesperado, que no quería molestarlo ni hacerlo enojar, pero cada palabra que salía de mi boca parecía alimentar su enojo.

"¿Quién te crees ahora?, crees que porque te dieron un poco de dinero eres mejor que yo, ¿verdad?", me dijo finalmente, con un brillo peligroso en los ojos. "¿Crees que eres dueña de tu vida?"

Yo bajé la cabeza llena de miedo, tragándome el nudo que se formaba en mi garganta. No podía responder, no sabía qué hacer. Cada palabra que intentara sería un combustible para su furia.

Al otro día pensé que todo volvería a ser como antes, que lo sucedido solo había sido un mal rato de mi padre y que el descanso de la noche lo arreglaría. Sin embargo, eso no ocurrió y desde aquel día, mi vida se volvió más difícil.

Mi padre parecía empeñado en demostrarme que, pese a mi logro, yo no valía nada. Me insultaba cada vez que me veía y me hacía hacer méritos por semanas para conseguir algún permiso, y luego no me cumplía. Criticaba cada decisión que tomaba, desmerecía mis esfuerzos y decidió que yo no me merecía nada, así que la mensualidad de la beca se la quedaba, según él, para cubrir mis gastos de alimentación y vivienda.

Mi madre no era un refugio. Aunque veía lo que ocurría, apenas podía sostenerme la mirada cuando me veía llorar en silencio. Vivía atemorizada por la misma figura que ahora hacía de mí su nuevo blanco. En alguna ocasión, mi madre se acercó a acariciarme el cabello, como si eso pudiera aliviar el peso y el dolor, pero jamás dijo nada en mi defensa por miedo a represalias.

Cada vez que hablaba sobre mis planes para el futuro, él se enojaba, así que opté por no hacer más comentarios. Decidí que lo mejor sería guardar silencio.

Desde pequeña había sido tímida, pero la atmósfera opresiva en casa había hecho que esa timidez se transformara en un peso que cargaba todos los días. No hablaba mucho, no conté a mis amigos ni a mis profesores lo que sucedía en casa. Me aterraba la idea de que alguien pudiera preguntar más de la cuenta, de que descubrieran lo que realmente ocurría tras las puertas de mi hogar. Temía que las cosas empeorarán si alguien intentaba intervenir. Así, me tragaba mi tristeza y fingía estar bien, al menos mientras estaba fuera de casa.

En el colegio no tuve grandes amigas ni profesores que supieran sobre mi dolor, pero tenía algo que aún no había perdido, mi sueño. Aunque me sentía sola, con mi corazón cargado de tristeza, en algún rincón de mi mente me aferraba a la idea de que, algún día, las cosas serían diferentes.

Encontré refugio en mis estudios. Sabía que cada página que leía, cada problema que resolvía era un paso más cerca de mi sueño de lograr una mejor vida. Hubo momentos en los que creí tener buenas amigas, pero me fui dando cuenta que me buscaban solo cuando había exámenes o proyectos importantes, o para pedirme ayuda. Fuera de eso no me veían, tal vez mi falta de confianza era tan evidente que me hacía invisible. Sin darme cuenta, mi timidez, inseguridad y soledad, se transformaron en los ladrillos que construyeron ese muro invisible que me distanciaba de mis compañeras.

Había días en los que me preguntaba si todo mi esfuerzo valía la pena y aunque mis calificaciones me daban un propósito, la ausencia de vínculos emocionales hacía que me sintiera incompleta y sola.

Dicen que lo que no te mata te fortalece, y así fue en mi caso. Yo no me dejé vencer y aunque a menudo lloraba en silencio, también encontraba fuerza en mi sueño de alcanzar una vida feliz. Cada noche, antes de dormir, me repetía que todo aquello valía la pena. El sacrificio, el dolor, el miedo, todo tenía sentido si me llevaban más cerca de un futuro en el que fuera libre y dueña de mi vida.

Pero esa esperanza no hacía mi peso más liviano. Hubo momentos en que pensé en rendirme, dejar la beca y someterme a las expectativas de mi padre, solo para tener un poco de paz y un descanso mental.

Sin embargo, había algo en mi interior que se resistía. Tal vez era el recuerdo de la niña que había soñado con ser más de lo que le decían que podía ser. Tal vez era el simple deseo de no pasar el resto de mi vida sintiéndome pequeña e infeliz. Sabía que mi batalla era solitaria, pero también sabía que la verdadera lucha era conmigo misma: no permitir que las palabras de mi padre se convirtieran en mi verdad. Yo quería lograr ser dueña de mi vida, y cumplir mis sueños.

En esos momentos de oscuridad y sombras, le pedía a Dios que me ayudara y me diera la fuerza para enfrentar lo que se vendría, con la absoluta certeza que no permitiría que nada ni nadie me hiciera abandonar mis sueños.

Tenía claro que el lugar más seguro para estar viviendo ese proceso doloroso para mi alma, aunque fuera contradictorio, era ahí con mi familia. No tenía donde ir y, a pesar de los periodos donde mi padre no me dirigía la palabra, o me regalaba algunos insultos, como una especie de castigo, me sentía agradecida de tener comida y un lugar para dormir. Me las arreglaba con pequeños trabajos de verano, y algunos aportes monetarios que mis hermanos mayores, ya con ingresos, me regalaban cuando tenían oportunidad.

Eran periodos de turbulencia en mi mundo interior, luchas internas por no guardar rencor hacia mi familia y mantener amor y agradecimiento en mi corazón. Agradecía cada detalle que me permitía seguir avanzando hacia mis metas. Los pilares que había formado en la escuela primaria y mi gran fe me llenaban de una luz que me daba una fuerza que ni yo imaginaba que tenía.

Con el tiempo, aunque la situación no mejoró, encontré pequeños momentos para aferrarme y seguir avanzando: una sonrisa fugaz de mi madre, el apoyo de mis hermanos mayores que fueron empatizando conmigo, sus invitaciones a bailar que me aseguraban tener el permiso de mi padre, o el simple hecho de ver mi nombre en la lista de mejores alumnas.

Y, aunque en ese momento no sabía cómo, me prometí que algún día saldría de aquella casa, y cuando lo hiciera, no miraría atrás. Lo único que yo debía hacer era seguir enfocándome en lo que podía controlar para lograr mis metas, mis estudios.

Me refugié en aprender y leer cuanto libro llegaba a mis manos. Fue una época de búsqueda, de tratar de entender por qué la vida era de una u otra manera, de saber si había una manera de lograr que las personas fueran más felices y amorosas. Me preguntaba si era realmente posible cambiar mi vida y lograr felicidad, calma y paz.

De pequeña amaba el "Libro de los ¿Por qué?", el cual alimentaba mi curiosidad infantil y mi gran imaginación, sin embargo, en la adolescencia, mi necesidad por encontrar respuestas a aquello que no entendía, el comportamiento de las personas y el mío propio, el sentir que había algo más y que no sabía dónde buscar, me impulsaban a ir más allá de lo esperado.

A pesar de mi formación católica y mi participación en grupos juveniles de la iglesia, que me permitían compartir con jóvenes de mi edad sin que mi padre pusiera problemas, no me sentía totalmente cómoda con ciertas interpretaciones que entregaba la iglesia sobre Dios. Por el contrario, sólo aumentaban mis dudas sobre la forma en cómo interpretaban las enseñanzas bíblicas aquellos que decían ser tan religiosos.

Decidí ampliar mi horizonte a otras enseñanzas, partiendo por un libro de budismo que llegó a mis manos. Las enseñanzas sobre Buda me parecieron fascinantes, su búsqueda constante de la verdad, la idea de encontrar la iluminación y liberarse de todo sufrimiento, hizo vibrar mi corazón, me cautivó de tal manera que quise conocer más sobre la visión de lo divino y la fe de otras culturas y religiones.

Mi deseo de entender más lo que significaba tener una relación personal con Dios crecía día a día, y a pesar de mantener los valores cristianos que tanto amaba, y en ocasiones preguntarme si estaba bien estudiar otras creencias, algo en mi corazón me decía que cada libro, cada conversación, me llevaba a una verdad más profunda, y me ayudaba a ver el mundo con una perspectiva más amplia.

Por esas causalidades de la vida, me hice amiga de una vecina de mi edad que pertenecía a Los Testigos de Jehová. Nos empezamos a reunir semanalmente para estudiar La Biblia y aprender de sus enseñanzas, explorando los relatos bíblicos con una mirada crítica y curiosa, en el marco de nuestra edad. Increíblemente, a pesar de que a mis padres les parecía extraña esta amistad y el motivo de nuestras reuniones, no se involucraron y pudimos mantener nuestras lecciones por un largo tiempo.

Con el tiempo, y gracias a toda esa experiencia, descubrí que podía integrar todo lo aprendido con mi fe cristiana. Comprendí que las enseñanzas del budismo y otras religiones respecto a la compasión y el amor incondicional estaban en la misma sintonía con las enseñanzas de Jesús.

A pesar de que seguía con muchas preguntas, comprendí que mi fe no dependía de la iglesia o una religión, sino que de mi propia conexión con Dios. Con este nuevo conocimiento, pude empezar a establecer una relación más auténtica y libre en mi camino espiritual. A través de la oración fui encontrando la calma, el refugio y las fuerzas para seguir mi camino, pese a los obstáculos. Se fue incrementando de manera mágica, el amor hacia Jesucristo y la Virgen, aquel que a ratos parecía haberse apagado. De ahí en adelante, son la luz que me ha acompañado en cada momento de mi vida, y que ha iluminado mi camino hasta hoy en día.

De manera intuitiva, o tal vez como resultado de tanta lectura, descubrí un método que me ayudaba en los momentos que me sentía más triste, asustada y sola, en especial cuando mi papá estaba enojado y mi mamá me recomendaba que me escondiera para evitar enfrentamientos con él. En la noche, cuando todos dormían, escribía en un cuaderno todo lo negativo que hacía ruido en mi mente, lo que estaba afectando mi tranquilidad. Vaciaba a esas hojas todo mi dolor y pena por las emociones y sentimientos negativos que a veces sentía hacia mis padres o cualquier persona que me hubiese dañado de alguna manera. Con lágrimas en los ojos, terminaba arrancando las hojas y rompiéndolas en mil pedazos, por miedo a que alguien más las fuera a encontrar y luego me acusara con mi papá.

Hoy sé que ese simple ejercicio, que fue tan liberador para mí en esos momentos, es parte de una muy buena estrategia mental utilizada en Metafísica para eliminar pensamientos negativos del subconsciente que impiden tener una vida más plena y feliz.

El último año de colegio fue el más difícil para mí, pero también el más claro. A medida que se acercaba mi graduación, sentí que el peso de los años acumulados estaba a punto de romperse. Había soportado la soledad, las exigencias en casa, y el poco interés de aquellas compañeras que había creído amigas. Sabía que mi destino no estaba allí, sino más lejos.

La universidad representaba algo más que una educación profesional; era la promesa de un nuevo comienzo, un lugar donde nadie me conocía y donde podría ser yo misma, sin las cadenas del pasado.

En las noches, cuando me acostaba, solía imaginar cómo sería la vida en la universidad. No tenía claro cómo rompería mi propio muro, pero sabía que lo intentaría con todas mis fuerzas. "Ahí será diferente", me decía a mí misma, era una decisión.

Con cada día que pasaba, me convencía más de que mi vida tenía que cambiar. Estaba cansada de ser invisible, de vivir bajo el miedo de mi padre y de la indiferencia de quienes me rodeaban. Ya no quería ser sólo la estudiante con buenas calificaciones. Quería que las personas me conocieran de verdad, mis pensamientos, mis sueños, incluso mis miedos.

El día de la graduación no sentí tristeza, sino alivio. Sabía que mi tiempo allí había terminado y que lo mejor estaba por venir. Cuando recibí mi diploma, mi emoción era por lo que realmente me importaba, por fin, estaba libre para decidir quién quería ser.

"En la universidad voy a ser diferente", me prometí.

Al año siguiente entraría a estudiar Ingeniería Civil Industrial en la Universidad de Chile, la mejor universidad para estudiar ingeniería en el país, por lo menos en ese momento.

Era el año 1985, una época memorable en muchos sentidos, la riqueza y variedad de la música, el arte, la política, la tecnología, los colores y peinados que se usaban, y tantas otras cosas de la época de los 80, tuvieron una gran influencia en todos los aspectos de esa generación, y por supuesto en mí, ya que vino a despertar esa fascinación por la música y el baile que había guardado por algún tiempo y que ahora quería disfrutar pronta a cumplir 18 años.

Ingresar a la universidad fue un tremendo logro para mí, un sueño hecho realidad que había costado mucho sacrificio y lágrimas, y tenía la seguridad de que no habían terminado, solo era el comienzo de una nueva etapa y de nuevos desafíos en varios aspectos de mi vida.

Ese mes de marzo de 1985 daba comienzo a un nuevo viaje y estaba decidida a dar todo de mi para tener éxito y lograr mis metas. Tenía claro que mi capacidad de resiliencia me había enseñado a afrontar y adaptarme a nuevos desafíos, pero ahora era el momento de hacer un cambio, una transformación que me permitiera fluir y mostrar mis habilidades con más libertad, sin miedos ni timidez, y ¡estaba decidida a hacerlo!

Me había preparado emocional y mentalmente para abrirme a este nuevo camino. No sabía cómo sería, pero estaba dispuesta a recorrerlo, decidida a darme una oportunidad, a abrirme al mundo y permitir que las personas me conocieran por quien realmente era: una joven valiente, llena de sueños, y con un corazón que, aunque golpeado, seguía dispuesto a creer en nuevas conexiones. Era el momento de empezar de nuevo, y esta vez, no iba a dejar que el miedo me detuviera.

Por esas cosas de la naturaleza, el día 3 de marzo, a pocos días de comenzar clases en la universidad, en Chile ocurrió un sismo de gran magnitud que afectó la zona central del país, provocando grandes daños en varias ciudades, y pérdidas humanas y materiales. Ese acto de resiliencia que tuvo que enfrentar el país, fue enorme. Provocó por un tiempo un cambio en el estado emocional de la comunidad que se veía reflejado en actitudes más compasivas, empáticas, y de mayor fe para aquellos que valoraban las bendiciones de tener salud y estar vivos.

Fue ese ambiente el que me recibió el primer día de clases en la universidad. Entre edificios golpeados por el sismo y letreros de "no pasar, peligro de derrumbe", había un mar de hombres con unas pocas mujeres que intentábamos abrirnos camino en un espacio que estaba dominado por ellos, y algo que nos unía a todos, la satisfacción de estar ahí y de haberlo logrado.

Los primeros días en la universidad fueron una mezcla de nervios y emoción. Las salas estaban llenas de jóvenes con sueños de aportar en las distintas áreas de la ingeniería. La escasa presencia de mujeres se veía reflejada no solo en las salas, sino también en las conversaciones y en actividades deportivas de la Facultad. Estudiar ingeniería en ese contexto fue una experiencia tanto enriquecedora como compleja, por un lado, me permitió ser testigo de la evolución de una carrera que tradicionalmente había sido considerada para hombres y, por otro lado, representó la oportunidad de demostrar que las mujeres también éramos capaces de sobresalir en esa área.

La ingeniería se convirtió en mi pasión, un camino a través del cual podría expresar mi deseo de impactar el mundo. La exigencia de la carrera, que requería tener no solo habilidades técnicas, sino que también un enfoque analítico y capacidad para resolver problemas complejos, me obligaba a largas jornadas de estudio. Recuerdo días enteros en la biblioteca o en la famosa sala de estudio que llamábamos "la pajarera", lugar de encuentro del grupo de amigos para estudiar, rodeada de libros y apuntes, intentando comprender teorías y ecuaciones que en ese momento parecían imposibles.

A pesar de los desafíos académicos y personales, mi deseo de lograr el éxito me llevó a concentrarme en terminar la carrera pese a todas las dificultades que se presentaban en el camino. La oportunidad de participar con mis compañeros en diferentes proyectos fue una de las experiencias más enriquecedoras de mi vida universitaria.

Las extensas horas de estudio en la universidad, junto a mi déficit financiero, que lograba cubrir con becas y ayudantías, fueron la excusa perfecta para permanecer la mayor parte del día en la Facultad y así evitar enfrentamientos en casa. El apoyo de compañeros y su compañía eran un bálsamo para mi alma, especialmente en momentos críticos donde no tenía ningún deseo de volver a casa.

Con los años, la relación con mis padres se fue haciendo cada vez más distante, era una desconocida viviendo en un hogar donde no había conexión con los que ahí habitaban. Mi padre no perdía la oportunidad de desafiarme, y muchas veces su manera de vencer era negándome el permiso para ir a una fiesta después de que había hecho mérito durante un mes con algunas obligaciones extras en la casa. Mi madre intentando a escondidas alimentarme cuando mi padre se iba a dormir para asegurarse que tuviese alguna comida nutritiva durante el día, solo se limitaba a decirme que esperaba que terminara luego mis estudios para que me fuera de casa a tener una vida más tranquila. Estoy segura de que mi papá sabía lo que hacíamos, pero su ego no le permitía mostrar flaqueza.

Con el tiempo, fui entendiendo que mi padre fue una prueba que me ayudó a desarrollar una valentía y una capacidad de resiliencia que nunca había imaginado. Aprendí a defender y cuidar mis logros, a mantenerme en calma y enfocada a pesar del caos a mi alrededor, y, sobre todo, a creer en mi propio valor, más allá de lo que otros piensen.

Finalicé mis estudios universitarios realizando mi tesis de grado en la Comisión Chilena de Energía Nuclear, CCHEN, con el tema "Estudio del Mercado Mundial del Litio". Participé con reconocidos y prestigiosos científicos e investigadores de todo el país, incluidos representantes de las Fuerzas Armadas de Chile, dedicados principalmente a trabajos de investigación y desarrollo de aplicaciones de la energía nuclear. Mi aporte era la mirada desde un punto de vista económico del proyecto y su impacto en la sociedad.

Esta experiencia fue única y excepcional, y significó un gran desafío debido a la naturaleza del proyecto. Importantes profesores de la Facultad de Ingeniería de la Universidad de Chile aceptaron participar en la Comisión examinadora de mi tesis, y el supervisor a cargo del seguimiento por parte de la Comisión, era un Capitán de Corbeta de la Armada de Chile, jefe del Programa Litio.

La finalización del trabajo que realizó el equipo del Programa de Litio de la CCHEN dio como fruto la realización del Segundo Simposio Chileno del Litio, con la asistencia de invitados internacionales provenientes de Estados Unidos, Canadá y China, además de investigadores nacionales de las principales universidades del país.

Todo esto, que fue totalmente inesperado para mí, resultó ser un tremendo impulso para mi aprendizaje y formación profesional, ya que sin imaginarlo me permitió, no solo exponer en público parte de mi tesis de grado, para lo cual tuve una exigente preparación, sino que además la publicación de artículos en revistas de ingeniería a nivel nacional y la edición de un libro, en español e inglés, con los trabajos presentados en el Simposio, el cual incluía mi participación.

Gracias a esa increíble y desafiante experiencia, uno de esos momentos donde sientes, sin ninguna duda, que Dios te puso en el lugar y tiempo exacto; pude dar término a mis estudios de ingeniería, y conseguir un notable crecimiento a nivel personal y profesional.

Fueron momentos de profunda alegría, de esa que se siente en el pecho y te llena el alma. Momentos que encendieron en mí una chispa de esperanza, una luz suave pero firme que me hizo creer, de verdad, que lo que venía por delante en mi camino podía ser aún más grande de lo que había soñado.

Ese período, además de entregarme conocimientos y lindas experiencias, me regaló la amistad de maravillosas personas que hasta el día de hoy participan en mi vida. Aquel gran hombre que fue mi supervisor durante mi tesis, luego mi amigo, después de unos años mi jefe, cuando me integré a su equipo de trabajo para un nuevo proyecto, es actualmente mi amado esposo Heinrich, y padre de mi hija Sabine. La vida, con sus giros inesperados, me regaló el amor de mi vida a través del camino del aprendizaje.

El día que aprobé mi examen de título de Ingeniera Civil Industrial está grabado en mi corazón como uno de los días más felices de mi vida. Había soñado con ese momento durante tanto tiempo. Luché con fuerza, superé incontables obstáculos, y ahí estaba, de pie, firme, sabiendo que lo había logrado. La sensación era indescriptible.

Era la primera profesional en mi familia, y aunque sabía que vendría el gran desafío de abrirse paso en un área predominantemente masculina, había algo que tenía absolutamente claro: estaba lista, era capaz, estaba motivada y decidida. Y creía, con todo mi corazón, que mi verdadero camino apenas comenzaba.

CAPÍTULO 2

Despertar de la Ingeniera

Mi primer trabajo como ingeniera fue en el área de marketing y publicidad de una empresa, y el primer día fue un reflejo de lo que vendría en el futuro. Una de las presiones más inmediatas que se presentó, fue la necesidad de demostrar constantemente mi capacidad para el trabajo, dada la percepción que existía en la cultura de esa época de que las mujeres estábamos menos capacitadas para desarrollarnos en el área de ingeniería.

Mis colegas eran hombres y las mujeres que había en la empresa pertenecían al área administrativa, lo que significaba que tenía que traspasar la barrera de que los varones me vieran como mujer y una posible conquista, a que escucharan mis intervenciones como un aporte serio y profesional.

Fue un trabajo interesante en el área de marketing y publicidad, que me permitió hacer aportes en el área de análisis, estudios de mercado, diseño de productos, etc., y me entregó la valiosa experiencia de trabajo en equipo con personas desconocidas, el incremento de mis habilidades de integración, adaptación y empatía hacia otras personas, y lo más importante, me dio la libertad financiera para independizarme totalmente de mi familia y empezar a construir mi nuevo futuro.

Después de tres meses de trabajo satisfactorio, firmé contrato definitivo con la empresa, y ese mismo día le pedí ayuda a mi amigo Alex, del grupo de amigos de la universidad, para que me acompañara a casa a buscar las escasas pertenencias que tenía, un poco de ropa y algunos libros. Mi única intención era irme de casa y abrir mis alas. Había coordinado con mi amiga Sandra, quien había sido compañera de mi hermana Anita en el colegio, compartir el arriendo del departamento donde ella vivía, para tener tiempo de ahorrar y seguir mi propio camino. Recuerdo que Alex se quedó esperando en la camioneta mientras yo entraba a casa a buscar mis cosas.

Era el atardecer y eso significaba que mi padre ya estaba de regreso en casa, así que al entrar lo primero que vi fue su mirada desafiante, lo que despertó en mí un sentimiento de pánico profundo que logré suavizar mirando a mi madre que estaba sentada a su lado. Los saludé y rápidamente fui a mi habitación a buscar mis cosas para no dar tiempo a que surgiera algún sentimiento que me impidiera realizar lo programado.

Salgo de la habitación con mi mochila y un pequeño bolso. y me paro frente a ellos temblando. En ese instante mi mente se llenó de diálogos internos que me decían que era el momento de reclamarles por todo el daño y sufrimiento que me habían causado, sin embargo, de mi boca solo salió una frase: "me voy a vivir con Sandra, gracias por todo".

Creo recordar que algo dijo mi papá acerca de que me iría a tener una vida de libertinaje, pero en ese momento decidí no escucharlo. Miré a mi mamá que tenía una cara de tristeza o tal vez de alivio al darse cuenta de que por fin se acababa el estrés al que habíamos estado sometidos por tanto tiempo.

Hoy en día, que mantengo con ellos una relación cordial, más amorosa, y de mucho respeto, no se habla de esa época y mi madre dice que prefiere no acordarse. Yo decidí sanarme y dejar que ellos sigan con su forma de vida.

Así comenzó mi nuevo viaje, uno que yo había escogido, libre de cuestionamientos y ofensas, acompañada de fe y agradecimiento a Dios por todas sus bendiciones. Ahora era dueña de mi vida y contaba con el apoyo de buenos amigos que había encontrado en mi camino.

Mi vida se empezó a transformar en cada paso que daba, la alegría y el entusiasmo por hacer cosas nuevas empezó a verse reflejada en mis resultados, y en un entorno tranquilo y seguro.

Con el tiempo, aprendí a transformar mis experiencias dolorosas en motivación para seguir avanzando, lo que me permitía superar las dificultades que se presentaban en el camino, tanto a nivel personal como profesional, siempre buscando un equilibrio entre ser auténtica y la presión por adaptarse a las expectativas de un mercado muy competitivo.

Luego de un tiempo en mi primer trabajo, me cambié a otra empresa con mayores proyecciones laborales. Al igual que muchas ingenieras, tenía el deseo de avanzar en mi carrera y asumir roles de liderazgo, y con mi juventud y energía sentía que era el momento de demostrar mis capacidades en otras áreas. Esta nueva empresa, me presentó la oportunidad de hacerlo, permitiéndome liderar el área de presupuestos y control de gestión, luego de reformular completamente la estructura con la que venían funcionando.

Es conocido que los cargos ejecutivos para cualquier ingeniero tienen, además de grandes exigencias, las expectativas de dedicarle largas horas de trabajo y esfuerzo, para demostrar el compromiso con la empresa, pero adicionalmente hay que sumar el componente del cumplimiento de plazos. Ser ingeniera significaba enfrentarse a toda esta serie de presiones y desafíos, que ofrecían oportunidades para el crecimiento personal y profesional, en un entorno que seguía siendo mayoritariamente masculino.

Estando en una posición bastante exitosa a nivel profesional, a pesar de los pocos años que llevaba en el mercado laboral, apareció la invitación de quien había sido mi supervisor de tesis de grado en la Comisión Chilena de Energía Nuclear (CCHEN) para incorporarme al equipo de trabajo que estaba formando. Había dejado de conversar hacía tiempo con Heinrich ya que estaba viviendo y disfrutando una etapa de crecimiento profesional y personal que, además de darme gran satisfacción, me mantenía muy ocupada.

La vida de Heinrich, como después sabría, había estado sometida a grandes transformaciones. Por una parte, llevaba un tiempo trabajando en el mundo privado después de haber participado en la Armada de Chile durante 20 años; y por otra, había terminado su relación matrimonial, lo que le significaba enfrentar el cuestionamiento de muchas personas, incluida su familia, en una época donde la mayoría consideraba más apropiado mantener una relación de pareja meramente por compromisos financieros, sociales y/o religiosos, que por un verdadero amor.

Esta oportunidad de trabajo significaba para mí un nuevo salto importante en mi carrera profesional. Integrar un equipo con otros ingenieros de gran reconocimiento, incluido uno que había conocido en la época de la CCHEN, representaba un tremendo desafío para mí, ya que tendría que demostrar mis capacidades como ingeniera con personas a las que no solo admiraba, sino que les tenía especial cariño y respeto. Sin dudarlo, di el salto a esta nueva aventura.

En el intento de equilibrar mi vida personal y profesional, luego de dar término a una relación amorosa fallida, la que me había dejado bastante desilusionada, decidí enfocarme, por un tiempo, en mi trabajo y en mis proyectos profesionales, y darle descanso a un corazón que estaba un poco maltratado. Sentía la necesidad de reencontrarme, ordenar mis ideas y sanar mi corazón antes de siquiera intentar una nueva relación amorosa.

Las tranquilas reuniones con amigos, escuchar música, leer, ir al gimnasio, y de vez en cuando una escapada a la playa con alguna amiga; eran las actividades, que cuando el tiempo me lo permitía, me daban la energía y la tranquilidad que necesitaba para funcionar en mi trabajo. A veces me preguntaba si alguna vez encontraría a alguien que me comprendiera y amara, pero luego decidí dejar que el tiempo me diera la respuesta.

La resiliencia se convirtió en una habilidad esencial en ese proceso de sanación emocional, luego de la decepción experimentada. Estaba aprendiendo a fortalecer mi corazón a través de experiencias que suelen ocurrir a una edad más joven pero que yo había postergado por años al enfocarme de lleno en mi desarrollo profesional. Y mirado desde esa perspectiva, era mi oportunidad para crecer emocionalmente, aumentar mi autoestima y celebrar mi avance por pequeño que fuera.

Con el tiempo las presiones que enfrentaba por estar sola y no tener pareja a esa edad, fueron desapareciendo. El hecho de estar soltera no impedía que me sintiera feliz y disfrutara la vida con todo lo que tenía. Estaba inmensamente agradecida por lo que había logrado, y tenía plena confianza de que Dios estaba conmigo y me mostraría el camino, sola o acompañada.

A poco andar, ese momento se presentó frente a mí. Estaba tan cerca que al principio no lo veía, o tal vez mis temores no me lo permitían.

Todo comenzó con las historias que Heinrich, mi jefe y amigo, empezó a compartir en los momentos de descanso en la oficina. Llevaba un tiempo intentando conseguir pareja y un compañero de trabajo lo invitaba constantemente a conocer amigas. Sus anécdotas, narradas muchas veces graciosamente, demostraban su desilusión por no encontrar a una mujer que cumpliera con sus expectativas. Aquello que, para su compañero de andanzas más joven, era un pasatiempo, para Heinrich, ya más adulto y con una separación a cuestas, tenía un efecto distinto. Su deseo de darse otra oportunidad en el ámbito amoroso, al ver lo difícil que le estaba resultando encontrar a la persona adecuada, se estaba desapareciendo cada día.

Poco a poco, nuestras frecuentes conversaciones a la salida del trabajo empezaron a convertirse en agradables paseos al aire libre, a medida que llegaba la primavera. Sus historias sobre su vida de marino eran variadas y sorprendentes. Había estado en tantos lugares del mundo que yo añoraba conocer, que sus relatos alimentaban mi imaginación y mis deseos de recorrer el mundo algún día.

Su afán por hacerme reír en aquellos días que yo estaba triste, le permitieron ir sanando sus propias heridas, aquellas que arrastraba de su relación anterior, y al mismo tiempo fueron sanando las mías.

La hermosa amistad y admiración que había nacido entre ambos cuando yo aún era una estudiante de ingeniería, fue renaciendo y fortaleciéndose poco a poco. Nuestros momentos eran cada vez más entretenidos y el tiempo se nos hacía poco. Sin embargo, a pesar de su claro interés hacia mi como mujer, las barreras que yo había levantado después de mi mala experiencia amorosa, no me permitían en ese momento confiar en alguien, y mi inseguridad regresó con fuerza.

Para mi sorpresa, un día Heinrich me hizo saber firmemente que ya no seguiría siendo mi amigo porque él quería ser mi pareja, y no estaba dispuesto a perder el tiempo si yo no me decidía. Así que en ese acto se despidió de mí, dejando muy claro que solo lo llamara cuando estuviera dispuesta a darle una oportunidad. Yo, impresionada por su reacción, que encontraba curiosa y un poco divertida, me despedí amablemente diciéndole: "entonces nos vemos mañana en el trabajo, que te vaya bien".

Fue una semana extraña, llena de confusiones. Llegaba del trabajo a la casa, y lo que al principio era un momento de descanso, calma y reflexión, con los días fue revelando un vacío en mi corazón. Al principio no supe explicarlo, pero poco a poco empecé a preguntarme si ese vacío se debía a la costumbre de pasear con Heinrich, lo que ya no ocurría, o si era su ausencia que me hacía sentir como si hubiese perdido algo valioso… algo que, tal vez, no quería reconocer.

Pasaron dos semanas, y mi contacto con Heinrich se redujo solo a las reuniones que teníamos en la oficina o a cruzadas por el pasillo. Como buen marino, su aplicación de la ley del hielo fue implacable. Después me contaría lo difícil que fue para él verme y no acercarse, pero estaba convencido de que esa era la forma correcta de darme el espacio que yo necesitaba para aclarar mis ideas. Como buen amigo, sabía que mi tendencia a la reflexión requería de espacios en soledad y sin presiones de ningún tipo, y por muy difícil que fuese, él había decidido arriesgarse y esperar.

A medida que pasaban los días, comencé a reconocer que mi amor por Heinrich era genuino y que iba más allá del amor por un gran amigo. Estaba dispuesta a intentarlo a pesar de los desafíos que representaba esa relación.

Al terminar la semana, el día viernes llegué a mi departamento decidida a llamarlo y decirle que quería estar con él. Mi llamada telefónica no tuvo respuesta inmediata y por unos segundos pensé que había llegado tarde y ya no me esperaba. Mi sorpresa fue inmensa cuando en el segundo intento atendió la llamada. Un simple "hola, ¿cómo estás?", de mi boca, fue suficiente para que Heinrich supiera que yo estaba lista, y fue la clave para dar comienzo a nuestra maravillosa relación hasta el día de hoy.

A partir de ese día comenzamos a navegar en la complejidad de nuestras vidas. Lo primero fue tomar la decisión de que uno de los dos debía dejar la empresa, y considerando que yo era soltera y Heinrich tenía responsabilidades económicas importantes con sus hijos, lo más apropiado era que yo me moviera a otro trabajo. Lo segundo, enfrentar la desaprobación de mi entorno que no comprendía cómo una mujer joven y soltera elegía una relación con un hombre separado y con hijos. Tercero, las críticas a Heinrich por parte de su familia y algunos amigos, que no estaban de acuerdo con su separación. Por supuesto los rumores y juicios circulaban, y por momentos me sentía atrapada entre mis sentimientos y las expectativas de la sociedad.

A medida que nuestra relación crecía, entre las visitas de sus hijos y las exigencias de nuestros trabajos, cada momento juntos se volvía más importante, y a pesar de todos los desafíos, me fui dando cuenta que mi amor por Heinrich se volvía más fuerte a pesar de las opiniones de los que nos rodeaban.

Con valentía, decidimos desafiar todos los estigmas que nos rodeaban, enfrentar juntos el camino y mostrar que nuestro amor podía superar cualquier obstáculo. Nuestra amistad, amor y confianza se convirtió en la base de nuestra profunda relación y nos dio la fuerza para seguir adelante.

Después de un año de novios, y considerando que, en Chile, en esos años, no existía una Ley de divorcio, decidimos empezar una vida juntos pese a los prejuicios sociales de nuestro entorno. El divorcio se lograba a través de ciertos resquicios legales, siempre y cuando hubiese acuerdo entre las partes, usualmente acompañada de una compensación monetaria, pero Heinrich no había logrado obtenerlo a pesar de innumerables intentos.

A pesar de mi independencia y de que la relación con mis padres era distante, organizamos una cena con ellos con la intención de que Heinrich les comunicara nuestra decisión. De alguna manera, queríamos cumplir con la tradición de pedir mi mano a mis padres, como pensé a ellos les hubiese gustado. Hoy en día, Heinrich recuerda que mi madre, a pesar de su timidez y de que siempre hablaba muy poco, le dejó muy claro que no era lo ideal como pareja para su hija, que hubiese querido un hombre soltero con menos problemas, pero que esperaba me hiciera feliz y no me dañara. Mi padre solo dijo que era mi decisión.

Mi relación con Heinrich se fortalecía ante la adversidad, y me enseñaba que a pesar de que la vida no siempre es fácil, cuando hay amor verdadero, se puede superar cualquier desafío.

Con el apoyo de quienes realmente nos importaban, nos embarcamos en un nuevo viaje, listos para enfrentar el futuro como una pareja, y con el compromiso de apoyarnos y cuidarnos en cada paso que diéramos.

Con el tiempo fui aprendiendo a equilibrar mi vida profesional y personal, y Heinrich me daba la fuerza que a veces necesitaba para tomar mis decisiones laborales.

Trabajé en distintas empresas, algunas que para optar a un mayor cargo parecían elegir a personas, más que por su capacidad, lo hacían por su género, origen o contactos; otras donde algunas mujeres utilizaban sus recursos femeninos para lograr avanzar y obtener regalías, otras donde la competencia era tan desleal que lo mejor era salir rápidamente de ese ambiente hostil, y otras donde tuve la oportunidad de crecer y compartir mis conocimientos de una manera muy gratificante, especialmente en aquellas que abrían sus puertas a la inclusión y que valoraban la experiencia y conocimiento más allá de los apellidos o procedencia.

En cada lugar fui encontrando buenas personas que hacían más agradable mi paso, y aportaban algo a mi crecimiento profesional. Personas que, a pesar de no vernos hoy en día, compartieron agradables momentos conmigo, y amigos que hoy en día siguen en contacto, como mi gran amiga Marta, que siempre ha sido mi confidente y apoyo.

Toda esta experiencia, además de brindarme una muy buena vida en términos económicos y personales, me fue permitiendo adquirir grandes habilidades en gestión, evaluación de proyectos, y administración y finanzas, las que me llevarían a lograr una mayor independencia profesional con el tiempo.

En este andar, mi relación con Heinrich no solo se nutría de amor, amistad y comprensión, sino que, además, de una admiración mutua por los logros que cada uno alcanzaba.

Después de unos años, nació en mí el deseo profundo de ser madre, sin embargo, al inicio, ese maravilloso sueño no fue compartido por Heinrich. Su temor era no contar con los recursos financieros suficientes para la crianza de un nuevo hijo, considerando que la mayor parte de sus ingresos estaban comprometidos en la educación y mantención de sus tres hijos, y su exesposa.

Así las cosas, y a pesar de que yo no compartía sus temores, en respeto a nuestro amor y amistad, le expresé mi decisión de esperar hasta que él estuviese preparado y dispuesto a emprender ese nuevo paso conmigo. El anhelo profundo en mi corazón era que, cuando decidiéramos ser padres, fuera un deseo sincero de ambos, por traer al mundo un ser que se sintiera totalmente amado y esperado. Y a pesar de que todos opinaban que, si quería ser madre, debía ser pronto debido a mi edad, yo puse en manos de Dios mi deseo, para que se hiciera su voluntad.

Fue un 14 de febrero, día de San Valentín, mientras celebrábamos nuestro gran amor en un bar, que Heinrich me preguntó, con gran entusiasmo, si me gustaría tener un hijo o una hija con él. Sentí una emoción tan inmensa, la misma que, por cierto, experimento cada vez que pienso en mi hermosa hija Sabine y en la forma en que se presentó en nuestras vidas, que mi respuesta, por supuesto, fue un absoluto sí, sin una gota de duda.

Así dimos el paso para iniciar un nuevo viaje, sintiéndome bendecida por Dios que, a pesar de todos los pormenores, ahí estaba, como siempre, acompañándome y dándome ese tremendo regalo.

A pesar de las largas jornadas laborales que tuve hasta un avanzado embarazo, el proceso fue tranquilo casi hasta el final. Siempre privilegié un ambiente de amor, paz y tranquilidad para mi bebé. Mantener ese entorno era muy importante para mí, en especial después de descubrir los múltiples intentos de "brujerías" que hacía la exesposa de Heinrich para que yo no fuera madre y para que se acabara nuestra relación.

Apoyada en mi profunda fe en Dios y escuchando música de Mozart en mis descansos, me mantenía en paz y calma. Durante las noches, Heinrich y yo leíamos algún párrafo de la Biblia y rezábamos, con la certeza que siempre he tenido de que la fe y el amor sincero son un escudo protector frente a cualquier forma de energía negativa que trate de entrar en nuestra vida. Heinrich por su parte, a pesar de no creer en brujerías, me acompañaba con gusto en esos momentos, porque como siempre ha dicho, si me hace bien, entonces él está bien.

Siempre he pensado que esos sentimientos de amor sincero te dan la fuerza para enfrentar situaciones difíciles, el impulso para seguir adelante y no flaquear. En ese momento me sentía llena de amor, a la espera de mi hija Sabine, que pronto llegaría a transformar mi vida.

Lo que no tenía considerado es que mi creencia se iba a poner a prueba muy pronto.

Cuando tenía ocho meses de embarazo empecé a notar conductas extrañas en Heinrich. Sabía que él estaba pasando por momentos muy difíciles en su trabajo, que la empresa que había formado con un socio no estaba dando los resultados esperados y, como consecuencia, tendrían que darle término.

En varias ocasiones le pregunté si necesitaba ayuda o si le estaba pasando algo. Se mantenía en la oficina hasta altas horas de la noche, realizaba llamadas telefónicas a escondidas, y tenía una exagerada preocupación por andar con el teléfono celular, algo que antes no le importaba. Sus respuestas, que al principio eran evasivas y sin sentido, con los días comenzaron a volverse agresivas y ofensivas. Me decía que el embarazo me había trastornado y que todo lo que creía ver era producto de mi imaginación.

En algún momento le intente hacer ver que, si estaba pasando algo en sus sentimientos, prefería que me dijera la verdad y que juntos buscáramos la mejor solución, pero él muy molesto me respondió que estaba totalmente loca.

Se acercaba la Navidad y el Año Nuevo, y con Heinrich habíamos decidido pasar la fiesta de fin de año en casa de mis padres, acompañados de sus tres hijos.

La noche de Año Nuevo, luego del abrazo de fin de año, Heinrich salió un momento a fumar y olvidó su celular en la mesa, muy cerca de donde yo estaba sentada. En esos segundos, en los que alcanzó a dar solo unos pasos, sonó su teléfono. Heinrich con su rostro desfigurado, como si le faltara el aire, me miró a los ojos sin decir una palabra, con unos ojos llenos de un dolor indescriptible, que para él representaba su error...y que para mí reflejaba solo traición. Le pasé el teléfono diciéndole: "Responde. No la hagas esperar. Pero dile que estás conmigo y tus hijos, que después la llamas". Heinrich no pudo responderme, no tenía palabras para explicar, en ese momento, que su infidelidad no había sido por falta de amor hacia mí, sino por falta de amor propio, por sus propias inseguridades, provocadas por el fin de su empresa.

Ninguno de los que estaba a nuestro alrededor se dio cuenta de lo que pasaba, y creo fue lo mejor en ese momento. Esa noche regresamos a nuestro departamento en silencio. Al llegar, le dije que quería descansar, y que no había nada que conversar. Durante la noche, tomé la decisión de dejar el departamento que compartíamos. Tenía muy claro que, a diferencia de mí, Heinrich no contaba en ese momento con los recursos para mudarse, ya que la fallida empresa lo había dejado con grandes deudas.

Mi decisión no era una elección impulsiva ni motivada por la furia; era un acto de protección, una declaración de amor hacia mí misma y hacia el ser inocente que llevaba dentro. Sabía que la traición de Heinrich no solo había fracturado la confianza entre ambos, sino que había dejado una grieta en mi corazón que no se cerraría fácilmente. En ese momento, lo primordial para mí y mi hija que estaba por llegar, era paz, un refugio seguro para enfrentar los últimos días del embarazo, lejos de malos recuerdos y dudas.

Durante una semana, me fui a casa de mi amiga Marta, sin contarle a otros lo que pasaba. Ella me apoyó con un amor incondicional y sin hacerme preguntas, respetando mi decisión de estar sola y no contar que yo estaba ahí. Mientras tanto, Heinrich, como después me contaría, vivía en una tormenta de emociones. La soledad del departamento lo confrontaba con sus errores y con las profundas cicatrices de su propia inseguridad. Reflexionó sobre lo que había hecho y, por primera vez, reconoció el miedo que lo había llevado a destruir lo que más amaba. Pasó noches sin dormir, repasando cada momento, buscando la forma de redimirse, aunque temía que tal oportunidad no existiera.

Al finalizar la semana decidió llamar a mi hermano Jorge, convencido de que él sabría decirle dónde encontrarme. Mi hermano, que se estaba enterando en ese momento de lo que había pasado, le contestó que no sabía nada de mi pero que tenía muy claro que lo mejor que Heinrich podía hacer en ese momento, era dejarme tranquila, y esperar a que yo me comunicara. Jorge me llamó después para asegurarse de que yo estaba bien, respetando como siempre, cualquier decisión que yo tomara.

Después de una semana de reflexión y calma, con mis ideas más ordenadas, invité a Heinrich a reunirse conmigo para conversar, ya estaba lista.

Desde muy pequeña, nunca me gustaron los gritos ni las discusiones. Siempre que vivía una situación complicada, en especial cuando me ofendían, me refugiaba en mi soledad, en esa conexión divina que me hacía sentir segura y me ayudaba a aclarar mis pensamientos para no equivocarme y decir o hacer cosas que fueran a causar daño, a mi o a otras personas, y esta vez no había sido diferente.

Cuando Heinrich llegó a casa de mi amiga, me miró con el corazón encogido, con una mezcla de esperanza y culpa danzando en sus ojos. Se disculpó por sus mentiras y por sus ofensas, y me prometió que, si le daba una nueva oportunidad, sería un mejor hombre a partir de ese momento. Yo no tenía conmigo una promesa de perdón, sino una oportunidad de empezar de nuevo, no por él ni por lo que habíamos compartido, sino por mí y por Sabine, que estaba a punto de llegar al mundo.

"Lo hago por mí y por nuestra hija," le dije con voz firme. "Porque quiero darle a Sabine la oportunidad de crecer en un hogar lleno de amor y seguridad. Pero quiero que sepas que, si alguna vez rompes tu promesa, será la última vez que me veas." Le pedí, además, que se comprometiera que, a partir de ese momento, cuando enfrentáramos dificultades, la honestidad y el respeto no fallaran, que no salieran de nuestras bocas palabras de la cuales nos pudiésemos arrepentir después de un rato.

Heinrich asintió, sintiendo cómo las lágrimas le nublaban su visión, y dijo: "Te cuidaré y amaré por siempre, a ti y a nuestra hija, y haré todo lo que esté en mis manos para que esta vez sea diferente y aprendas a perdonarme".

Yo, aunque herida, entendí que Heinrich aún no había comprendido que las inseguridades, cuando no se confrontan, se convierten en cárceles. Y que no era el miedo a quedarse atrás, a no ser suficiente, lo que se había transformado en un monstruo que devoraba su autoestima, sino la forma en que había decidido enfrentarlo.

Los días que siguieron fueron un proceso de reconstrucción. No fue un camino recto ni sencillo, pero Heinrich se comprometió a sanar sus propias heridas, a enfrentarse a sus inseguridades y a demostrar con hechos, día a día, que merecía esa segunda oportunidad. Yo, por mi parte, me permití sanar a mi propio ritmo, sin presión ni expectativas, enfocada en el bienestar de mi hija y en mi propio fortalecimiento.

Cuando finalmente llegó el día del nacimiento de nuestra hija, una nueva luz iluminó nuestras vidas. En la mirada de Sabine, encontré una renovada esperanza, y en los brazos de Heinrich, un amor que, aunque herido, buscaba renacer. Llamamos a nuestra hija Sabine Valentine, eligiendo su segundo nombre en honor al día que decidimos traerla a nuestras vidas.

Luego de unos meses, continué con mi exitosa vida de ingeniera y nuevos desafíos profesionales, compartiendo mis tiempos entre el trabajo de oficina, mi relación de pareja y los cuidados de Sabine, quien durante el horario de trabajo, permanecía en una sala cuna.

A medida que seguía avanzando en mi carrera y, pese a la presión de mi entorno laboral por programar reuniones o proyectos que significaban largas jornadas laborales, me mantuve firme en hacer respetar mis horarios de trabajo. Sin embargo, comencé a sentir algo que me inquietaba, algo que no entendía y necesitaba descubrir que era.

Fue en ese momento de búsqueda personal que, un día, estando yo en la oficina, me avisaron que Sabine había sufrido un pequeño desmayo en la sala cuna. Acudí rápidamente al lugar, que afortunadamente me quedaba cerca, y me subí a la ambulancia que habían llamado por protocolo, donde estaba mi pequeña Sabine, ya consciente, y feliz de verme.

Increíblemente, el paramédico, luego de saludarme y contarme que Sabine solo se había desmayado después de sufrir un pequeño corte en su dedo y asustarse al ver sangre, se dirigió a mí por mi nombre. Yo, ya calmada con esa información, levanté la mirada, que hasta ese momento había mantenido fija en Sabine, y me di cuenta de que el paramédico era un querido amigo y compañero de mi época escolar, a quien había dejado de ver al cambiarme de colegio. Me explicó que lo sucedido a Sabine parecía ser inofensivo y producto del susto al ver por primera vez sangre; sin embargo, recomendó que la llevara al pediatra para descartar algún problema.

Por esas cosas que pasan en nuestras vidas y que, a veces, uno no entiende, ese amigo que nunca más volví a ver me aconsejó darle algo natural a Sabine para trabajarle el miedo. Ese consejo plantó en mi mente la idea de buscar e investigar métodos naturales que ayudaran a superar miedos en los niños.

Yo estaba segura de que Sabine era feliz el tiempo que pasaba en la sala cuna: aprendía, tenía amigos y jugaba en un ambiente adecuado para ella. Sin embargo, me di cuenta de que lo que había pasado era por algo y yo no sería indiferente. Además de llevarla al pediatra, quien descartó cualquier problema, conseguí una terapeuta de Flores de Bach para que la ayudara a manejar los miedos.

Así empezamos juntas una terapia de Flores de Bach, ya que la terapeuta me explicó que los tratamientos en niños son acompañados por los padres, en especial por la madre. En este caso había, al comienzo, cero posibilidades de que Heinrich participara en el proceso debido a su escepticismo.

Además, decidí contratar una profesora de yoga para que nos hiciera clases los fines de semana en la casa, con la intención de aumentar mi conexión espiritual con Sabine y darle herramientas que la ayudaran a mantenerse en calma. Sabine, a pesar de su corta edad, disfrutaba mucho esos momentos, que la profesora procuraba hacer lo más entretenidos posible para una niña de 2 años. Con el tiempo sería el comienzo de una conexión maravillosa que tenemos hasta el día de hoy con Sabine, en diferentes áreas de nuestras vidas.

El tratamiento de Flores de Bach fue muy efectivo con Sabine, y rápidamente la terapeuta decidió darle término. Sin embargo, me recomendó que yo siguiera con él para manejar los niveles de stress que tenía producto del trabajo, algo que yo, poco a poco, había detectado en mí a medida que avanzaba la terapia. Ese hecho hizo que cambiara mi perspectiva sobre la vida y la carrera que había construido, y empecé a sentir una desconexión profunda entre mi vida profesional y mi bienestar espiritual y familiar.

En búsqueda de una mayor conexión, decidí tomar el curso de terapeuta de Flores de Bach, convencida de que sería una gran ayuda para sanar las heridas que, al parecer, aun no cicatrizaban en mi interior y que ahora me estaban provocando estrés laboral y sentimientos de culpa por no estar suficiente tiempo con mi hija. Además, me permitiría ayudar a aquellos de la familia y a los amigos que quisieran participar de este tratamiento para tener una mejor vida.

A medida que el tiempo avanzaba, la chispa que una vez encendía mi pasión por el trabajo se fue apagando. La constante presión por cumplir metas, los plazos ajustados y las reuniones de última hora, hacían que, cada día, regresara a casa sintiendo que algo faltaba, como si hubiera dejado mi esencia en el camino, atrapada entre informes y planillas de Excel. El tratamiento de Flores de Bach me permitía estar más calmada, y ahora Heinrich también participaba, después de ver los fabulosos resultados en mí y en quienes confiaban en la terapia. Recuerdo que siempre decía: "Yo no creo, pero mal no me hace", así que terminaba tomando las gotas que yo le preparaba, considerando los síntomas que quería tratar.

Después de un tiempo, por razones laborales, nos mudamos a vivir a Fort Myers, Estados Unidos. A pesar de que debía adaptarme a una nueva cultura, mis expectativas y la realidad de enfrentar nuevos desafíos, en un mundo desconocido, eran muy atractivas, y me llenaron de entusiasmo.

La experiencia fue grandiosa para toda mi familia, tanto a nivel personal como profesional. Siempre lo vi como una bendición, un regalo divino que vino a fortalecer la relación de pareja que teníamos con Heinrich. Aumentó nuestra conexión con Sabine, y conocimos muy buenos amigos, los que pasaron a ser parte de nuestra vida. Sabine ya en edad de ir a la escuela, logró tener amigos, adquirir conocimientos y adaptarse a esta nueva cultura sin complicaciones.

El 17 de mayo de 2004 se publicó, en el Diario Oficial de Chile, la Ley de divorcio, la que después de casi una década de debates antes de su promulgación, convirtió a Chile en la última nación latinoamericana en legalizar el divorcio.

La vigencia de esta ley permitió a Heinrich tramitar su divorcio y, así finalmente, lograr casarnos. Por supuesto, como era de esperar, Heinrich para no desilusionarme ni crear falsas expectativas, había mantenido en secreto los trámites de divorcio con el abogado en Chile, porque no tenía seguridad sobre los plazos, dada la larga lista de interesados en realizar el mismo trámite, lo que tenía a los tribunales un poco colapsados.

Una tarde del año 2007, viviendo en Fort Myers, le llegaron a Heinrich los documentos de divorcio. El mismo día apareció en casa con ellos en la mano, se arrodilló frente a mí, y me preguntó si quería casarme con él. Sabine, de 5 años en ese momento, estaba a su lado con una pequeña caja que contenía un anillo de compromiso, y una cara de felicidad tan grande, que me imagino me hizo preguntarle, "¿Qué dice el público?", y ella rápidamente respondió, "di que sí mamá, acepta". Fue tan mágico. Uno de esos momentos que parecen congelarse y quedar grabados en tu mente como regalo del universo. En ese escenario, la respuesta de un ¡sí, acepto!, salió rotunda y directamente de mi corazón.

Luego de casi cuatro años viviendo en Estados Unidos, volvimos a Santiago de Chile por motivos laborales, con una hermosa experiencia en nuestros corazones y con muy pocas ganas de volver y dejar a nuestros nuevos amigos atrás. A partir de ese día mi hija Sabine se puso como meta volver algún día a vivir a Estados Unidos, no solo de turista.

Volvimos a Chile el 20 de enero de 2010 para asistir al matrimonio de la hija de un querido amigo de mi esposo. Lo primero que hicimos después de instalarnos en un Apart Hotel, ya que debíamos esperar que nos devolvieran nuestra casa que estaba en arriendo, fue buscar un perro que le habíamos prometido a Sabine cuando volviéramos a Chile, para que la acompañara y creciera con ella. Así llegó a nuestras vidas un pequeñito maltés, a quien Sabine le puso por nombre Oliver.

Y, desde el primer momento, se volvieron inseparables. Era como si él hubiera sido enviado para caminar a su lado en este nuevo capítulo de su vida.

A pocas semanas de nuestra llegada a Chile, el día sábado 27 de febrero de 2010, mientras dormíamos, ocurrió un terremoto en el país que alcanzó una magnitud de 8,8 (en potencia de Magnitud de Momento, Mw), cuyo epicentro se ubicó en el mar chileno, frente a las costas de la actual Región de Ñuble. El sismo tuvo una duración de más de dos minutos en Santiago de Chile, y fue percibido con diversas intensidades en gran parte de América del Sur. Posteriormente, un fuerte tsunami impactó las costas chilenas producto del terremoto, destruyendo varios lugares que ya habían sido afectados. Ha sido una de las peores tragedias naturales en Chile desde el año 1960.

Este desastre, que impactó a gran parte del mundo, produjo cambios a niveles constructivos, a mediano plazo, y de comportamientos en las personas, en el corto plazo. El pánico que había causado en algunas de ellas las llevó a buscar viviendas más seguras, especialmente después de las constantes réplicas del sismo.

Por este mismo motivo, los arrendatarios de nuestra casa pidieron extensión del plazo de arriendo, lo que nos llevó a tener que instalarnos en un departamento amoblado por unos meses. Considerando que Sabine en marzo ingresaba al colegio y que se venía el otoño, debíamos acomodarnos para empezar nuestras actividades laborales de la mejor manera posible. Solo teníamos a nuestro haber lo que habíamos traído en las maletas, ya que todas nuestras pertenencias al momento de arribar a Chile, las tuvimos que enviar a una bodega de almacenaje.

En esos momentos me enfrentaba a la difícil situación de equilibrar mi vida profesional con ser madre, especialmente porque Sabine necesitaba un período de integración y adaptación en su nueva escuela.

Considerando todos los escenarios posibles, decidí independizarme a nivel profesional para tener la libertad de manejar mi tiempo y horarios, de esa manera podría acompañar y apoyar a mi hija en su proceso de crecimiento y adaptación.

Este nuevo camino de independencia laboral se convirtió con los años en un acto de empoderamiento, permitiéndome encontrar mi voz en el rol de madre, esposa e ingeniera.

Pasaron varios años dedicados a aumentar y mejorar mis conocimientos en ciertas áreas específicas en el ámbito de la ingeniería, y así ampliar mis servicios de asesorías profesionales. Al mismo tiempo, mi hija crecía y desarrollaba sus propias habilidades y talentos, todo con el propósito de lograr su gran sueño de irse a estudiar una carrera universitaria al extranjero.

CAPÍTULO 3

Tiempos de Cambio

Mi trabajo como ingeniera independiente me permitía realizar otras actividades, además de las de madre, esposa y dueña de casa. Retomé mis clases de yoga, me conecté nuevamente con los libros, y disfrutaba a ratos ver series o documentales sobre mis temas favoritos.

Siempre me fascinaron los libros y las películas de la época medieval, los templarios, magos, dragones, y las del estilo El Código Da Vinci, Ángeles y Demonios, por ejemplo, que a pesar de ser mezclas entre ficción y realidad, me hacían reflexionar sobre cuánta información desconocemos.

Entre libros de crecimiento personal y espiritual, y dada mi costumbre de leer más de un libro a la vez, empecé a leer sobre los Caballeros Templarios, El Santo Grial, y otros. Retomé el interés por algunos evangelios apócrifos, los que había leído hacía muchos años cuando Hilde, la hermana de mi esposo, había logrado conseguir con bastante dificultad, pero que hoy encuentras fácilmente en internet.

Relataré brevemente cómo, a través de los libros que fui escogiendo leer, o que en ocasiones llegaban a mis manos como regalo, fui avanzando en un camino espiritual que inicialmente no tenía contemplado, y que me fue guiando hacia mi transformación.

Empezaré por Los Evangelios Apócrifos, textos cristianos antiguos que no fueron incluidos en el Nuevo Testamento de la Biblia que la mayoría conoce, los cuales se enfocan más en aspectos de la vida de Jesús no presentes en los textos oficiales, como su infancia o detalles de su relación con los discípulos.

Estos evangelios se desarrollaron principalmente en los primeros siglos después de Cristo y abarcan una amplia variedad de textos, entre los cuales se encuentran el Evangelio de Tomás, el Evangelio de María, el Evangelio de Judas, el Evangelio de Felipe y el Proto evangelio de Santiago, entre otros.

En varios de estos textos, María Magdalena ocupa un lugar especial, donde se la presenta con una profundidad y un protagonismo que no se encuentra en los evangelios canónicos (los que aparecen en la Biblia). Los Evangelios Apócrifos señalan a María Magdalena como una figura central, llena de sabiduría y a menudo en desacuerdo con algunos discípulos masculinos sobre cuestiones de liderazgo y enseñanza. Estos textos sugieren que ella pudo haber sido una de las discípulas más cercanas y confiables de Jesús, encargada de transmitir enseñanzas secretas y profundas. Su papel, como maestra espiritual y líder, destaca una faceta del cristianismo primitivo en la que las mujeres tenían un papel activo y en el que la relación con Jesús era vista, no solo como de maestro a seguidor, sino también, de "guía espiritual" a "alma compañera".

La vida de María Magdalena que fui descubriendo en libros de distintos autores, resonaba profundamente en mí, no solo por su papel en la vida de Jesús, sino por la abundante simbología de amor, transformación y espiritualidad que representa. A medida que me sumergía en su historia, me fui dando cuenta de que su relación con Jesús no era solo una conexión humana, sino un ejemplo poderoso de lo que es vivir en amor y devoción a lo divino.

El rol de Santa María Magdalena, el cual ha sido a menudo malinterpretado y relegado a un papel secundario en la versión cristiana, es un símbolo poderoso de la sabiduría femenina y de la conexión profunda con lo sagrado. Además de ser testigo de la crucifixión y resurrección de Jesús, fue la primera mensajera que anunció a los otros apóstoles su resurrección. Su relación con Jesús, la hizo portadora de una enseñanza espiritual que va más allá de los dogmas tradicionales, y todo sugiere que llevó este legado a otras tierras, el cual fue transmitido de manera secreta en tiempos de represión, transformando su figura en un puente entre el Cielo y la Tierra.

En el siglo XII, nació en el sur de Francia, una secta religiosa medieval llamada "Los cátaros", que consideraba a María Magdalena una maestra de sabiduría, conocedora del amor supremo, y transmisora de los mensajes más auténticos y revolucionarios de Jesús. Para ellos, María Magdalena fue un incansable apóstol del evangelio del santo amor, ayudando a las personas a descubrir su potencial del divino y puro amor.

Los Templarios, que convivieron con los cátaros en la misma época, y muchos descendían de linajes cátaros, construyeron en Europa muchos lugares de culto a la Virgen María, y numerosas iglesias y capillas a María Magdalena, introduciendo de esta manera dos arquetipos femeninos en la sociedad europea cristiana de la época, una maternal, otra mística, ambas igualmente divinas.

La leyenda de los templarios dice que su misión era ser los guardianes del reino y proteger los lugares sagrados, pero más allá de ser guerreros, ellos representaban un viaje hacia la grandeza, hacia la conexión espiritual profunda en búsqueda de la iluminación a través de sus acciones. Los desafíos a los que se enfrentaban no solo eran de esfuerzo físico, sino que, además, en ese viaje hacia la grandeza, medían su fe y su determinación, entendiendo que para lograr sus objetivos debían enfrentar sus propios demonios internos.

En mi propia búsqueda de conocimiento encontré varios autores e investigadores enfocados en el legado de María Magdalena y su mensaje de amor. Tuve la oportunidad de participar personalmente en un encuentro que se realizó en Chile con una investigadora que vive en España, y varias mujeres que estaban en este mismo camino de búsqueda. También conocí a personas de otros países, en reuniones o seminarios por internet, que resonaban como yo con las enseñanzas de María Magdalena.

El Papa Juan Pablo II, recién en el año 1988, en la carta *"Mulieris Dignitatem"*, se refirió a Santa María Magdalena como la "apóstol de los apóstoles". Sin embargo, sólo desde el año 2016, por deseo del Papa Francisco, la Iglesia católica, junto con la Iglesia ortodoxa y la Comunión anglicana, celebran su festividad el día 22 de julio, por decreto publicado el día 3 de junio de ese mismo año. Es como si la historia, finalmente, comenzara a restaurar una parte de la verdad.

Me prometí algún día visitar y recorrer el sur de Francia, seguir la ruta cátara, recorrer las villas medievales, castillos, abadías y monasterios, donde habitaron alguna vez cátaros y Templarios, y donde muchos años antes, María Magdalena había entregado su mensaje de amor y fe.

Innegablemente, Santa María Magdalena se convirtió en un faro de luz que iluminó mi camino. Así como desde muy pequeña la Virgen María representó para mí un amor profundo e incondicional, la relación entre Jesús y María Magdalena me enseñaba que la espiritualidad no se trata solo de doctrinas o rituales, sino de vivir con amor y autenticidad, que la práctica espiritual no se limita a momentos específicos de oración o meditación, sino que se integra en cada aspecto de nuestras vidas.

A medida que integraba estas enseñanzas en mi vida, fui experimentando un cambio profundo en mi relación con Dios. Tenía claro que el amor a Dios no es un sentimiento abstracto, sino una práctica diaria de compasión, gratitud y entrega, que se traduce en el amor hacia uno mismo y hacia los demás.

Con esta nueva mirada, mi vida siguió avanzando. El paso de los años fue transformando a mi hija en una mujer cada día más independiente. Con mi esposo empezamos a disfrutar esta etapa con un nuevo enfoque. Sabíamos que pronto nuestra hija emigraría a realizar sus sueños, así que empezamos a organizar panoramas, en casa o en otros lugares, para aprender a conectar en este camino que empezaríamos a transitar sin ella a nuestro lado. Siempre habíamos tenido una conexión maravillosa, pero esta nueva energía pareció darnos un nuevo impulso, una mayor complicidad.

Era un nuevo comienzo para mi relación de pareja, pero también con los demás. Cada interacción que tenía con otras personas se convirtió en una oportunidad para expresar amor y compasión. Me sentía en un camino de mayor luz y calma, y comencé a ver cómo lo aprendido complementaba mi propia búsqueda de significado y conexión, ayudándome a comprender de manera más amplia la relación entre el ser humano y lo sagrado.

Comencé un viaje de búsqueda de un propósito más profundo y con una mayor conexión espiritual, un viaje de amor hacia Dios que fue transformando mi vida de maneras inesperadas.

Mi espiritualidad ya no la consideraba un aspecto separado de mi vida, sino que la entendía como una parte intrínseca de cada acción y decisión que tomaba.

Mi investigación se fue enfocando especialmente en el ámbito de crecimiento espiritual y emocional, inspirada en la búsqueda de formas de servir y llevar el mensaje de amor y compasión a aquellos que me rodean. Quería compartir esa luz que yo había encontrado en mi propio corazón y que me daba tanta felicidad.

Sin embargo, ese deseo tendría que esperar por un rato. Sin siquiera imaginarlo, a finales del año 2019, irrumpió de una manera súbita el COVID-19 en nuestras vidas. Lo que al principio parecía ser un brote localizado y lejano, que ocurría en China, en cuestión de semanas, se propagó por el mundo, convirtiéndose en una pandemia, declarada como tal por la Organización Mundial de la Salud, OMS, en marzo de 2020.

De un día para otro, hubo cambios en la vida cotidiana de las personas, y las actividades diarias tan sencillas como salir a trabajar, ir a estudiar o visitar a los amigos y familiares se consideraban peligrosas. La información y la desinformación se propagaron a gran velocidad, y muchas personas intentaban adaptarse a nuevos términos como "distanciamiento social", "mascarillas" y "teletrabajo", los que se volvieron parte de la vida diaria. Los hogares se transformaron en espacios multifuncionales donde la gente debía vivir, trabajar, estudiar y socializar.

El impacto fue tan inesperado como extenso, y la experiencia del encierro, impuesta como medida sanitaria, afectó a las personas de todo el mundo, tanto en su salud física como mental, causando cambios psicológicos y emocionales profundos, especialmente en aquellas que ya venían afectadas por la ansiedad, depresión y/o estrés.

Sin duda, este proceso dejó de manifiesto que la capacidad de adaptación, de resiliencia y de conexión con otras personas, son esenciales para enfrentar situaciones inesperadas, y también nos demostró, que el contacto con la naturaleza y la libertad de disfrutarla, son vitales para nuestra salud física, mental y emocional.

En este período de confinamiento, establecimos horarios para las comidas y para el descanso. Considerando que mi hija estaba en su último año de escuela, preparando sus exámenes finales y postulaciones para la universidad, incluimos una hora para tomar té al aire libre que le permitiera desconectarse un rato de su rutina diaria. Conversábamos de cualquier tema que la ayudara a sentirse más contenta. Su carácter sociable se había visto afectado con el encierro, así que los paseos diarios con su perro Oliver mientras yo cuidaba el jardín, y las visitas esporádicas de alguna amiga, fueron de gran ayuda para lograr su bienestar emocional.

Mi esposo acostumbrado a una rutina laboral rigurosa mantuvo sus horarios, con la única diferencia de que ahora su oficina estaba en casa, en la que había sido mi lugar de trabajo hasta ese instante, y que le tuve que ceder para su mayor comodidad. A partir de ese momento mi oficina es el comedor de la casa.

En medio de este nuevo escenario, donde parecía que el mundo se había detenido por un tiempo, o por lo menos bajado unas cuantas revoluciones, la lectura, algunas series y documentales que aparecieron en Netflix, y la música, fueron una gran compañía, considerando que mis asesorías laborales poco a poco fueron disminuyendo.

A pesar de que la modalidad online funcionaba perfectamente con mis servicios profesionales, las empresas con la que trabajaba fueron recortando sus presupuestos para el pago de asesorías, producto de sus menores ingresos.

Sin duda que, al principio, el encierro me resultó un poco abrumador. La incertidumbre sobre el futuro era palpable. Sin embargo, a medida que pasaban los días, empecé a buscar formas de cuidar mi salud mental y emocional. La gran oferta de libros por internet me permitió adquirir una variedad riquísima respecto a los temas que a mí me interesaban. Libros de los Evangelios apócrifos y sus interpretaciones, libros sobre María Magdalena, y otros de investigación y crecimiento espiritual, me daban ese descanso mental que a ratos perdía.

Con unas parejas de amigos decidimos hacer reuniones por videollamadas cada viernes, las que mantuvimos sagradamente hasta el día que nos permitieron vernos de manera presencial. En esas reuniones, cada pareja preparaba algo para comer y beber mientras durara el encuentro. Compartíamos nuestras experiencias de vida, familia y amigos, preparábamos presentaciones con fotografías y comentábamos las extrañas series que empezaron a aparecer en Netflix, dado que por el confinamiento no había nuevas producciones. Este maravilloso hábito semanal que creamos nos ayudó a vivir el encierro de una manera mucho más lúdica. Con el tiempo nos pusimos más creativos, celebrábamos cumpleaños, aniversarios, nos disfrazábamos, y hasta un matrimonio online tuvimos.

La aparición de invitaciones a ver conferencias online fue otra de las cosas maravillosas que disfrutábamos con mi esposo. Considerando la imposibilidad de viajar a otras ciudades o países, lo que me produce gran placer, las invitaciones a recorrer el mundo por videoconferencia con expertos en historia y arte mundial, nos permitían conocer y aprender de muchos lugares a los que soñábamos viajar algún día.

Gracias a esta experiencia que estábamos viviendo encerrados en casa, hicimos un compromiso con mi esposo de disfrutar con mayor conciencia nuestras vidas, agradecer a diario por todas las bendiciones que Dios nos entregaba, no sólo a nosotros, sino que también a nuestras familias y amigos. Teníamos la certeza de que saliendo del encierro al que estábamos sometidos, nuestra perspectiva respecto a las prioridades de nuestras vidas sería otra, y que haríamos un esfuerzo por ir cumpliendo nuestros sueños, sin dejar de cumplir con nuestras obligaciones.

Fue en uno de esos momentos de reflexión, mientras contemplaba la belleza de mis rosales y compartía tiempo con Sabine, que comencé a cuestionar mi propósito de vida. Mi hermosa hija pronto se iría a estudiar al extranjero, y pensé que la vida era demasiado corta para conformarme y no seguir buscando respuestas a mis inquietudes, tenía que seguir en mi búsqueda.

Desde antes de la pandemia, había dejado de hacer terapias de Flores de Bach porque el "Rescue Remedy" (Remedio de Rescate) era lo único que me pedían para aliviar síntomas de estrés. Este "remedio de rescate", de la terapia de Flores de Bach, combina cinco esencias florales, con el propósito de conseguir un alivio rápido en momentos de crisis, producto de situaciones de estrés y emergencia, pero no es para un tratamiento continuo.

La mayoría de las personas que conocía vivían estresadas o muy aceleradas, y alegaban no tener tiempo para una terapia. Otros se llevaban las esencias, pero no las usaban y al cabo de un tiempo decían que no les funcionaban.

Mi propósito de hacer terapias con Flores de Bach siempre fue ayudarme y ayudar a otros a tener una vida más equilibrada a nivel emocional, eliminar sentimientos negativos, aumentar el amor propio, obtener una mayor calma y conexión con su ser interior, usando un método natural y sin contraindicaciones.

Sin embargo, me di cuenta de que los tiempos actuales requerían soluciones más rápidas y efectivas, por lo que tenía que abrirme paso a buscar otras alternativas.

Era el momento de buscar una forma de ayudar a los demás, más allá de mis asesorías financieras y administrativas, y el remedio de rescate que a veces me pedían. Algo en mi interior me decía que había algo más que tenía que descubrir, una dimensión de sanación que necesitaba explorar, una forma más auténtica de ayudar a los demás.

Así, empezó a crecer en mí, el deseo por encontrar ese propósito más profundo y, el sentimiento de que mi verdadero viaje apenas estaba comenzando.

CAPÍTULO 4

Un Viaje de Energía y Fe

Por las mañanas empecé a practicar la meditación de manera constante. Por las tardes, mantuve mi pasión por leer libros sobre María Magdalena y su mensaje de amor, y libros de autoayuda de diferentes autores, que lograban mantener mi mente en calma y así no caer en la vorágine mientras intentaba conseguir asesorías profesionales como ingeniera.

Empecé a explorar diferentes caminos y disciplinas, participando en seminarios y talleres en línea tan variados como: Geometría Sagrada, Símbolos cuánticos, estudios de la Cábala, y otros tantos; incluso compré unos audios especiales para meditación, que finalmente terminaron siendo una meditación más, con música agradable de fondo, y que no me aportaban.

Era un aprendizaje en sí reconocer lo que realmente te ayudaba a evolucionar en este camino de búsqueda y crecimiento espiritual.

Mi interés centrado en la sanación energética me permitió ir filtrando los contenidos que encontraba en redes sociales. Me sumergí en libros y recursos en línea, que se enfocaban en explicar cómo nuestras energías pueden afectar nuestro bienestar.

La cantidad de información que circulaba por internet y redes sociales respecto al tema era inmensa, sin embargo, había algo que resonaba repetidamente en mí: la idea de que todos tenemos un campo energético, que las emociones negativas pueden quedar atrapadas en él, generando como consecuencia enfermedades y dificultades en tu vida, si no aprendemos a soltarlas.

Como ingeniera, sabía que la energía es la fuerza vital que fluye a través de todo lo que existe y que, desde el punto de vista científico, todo en el universo está compuesto de energía, la que está en constante movimiento. Sin embargo, no tenía idea como usarla a mi favor y en ayuda de los demás.

A medida que me fui adentrando en este mundo, fui comprendiendo que tenía mucho que aprender. Necesitaba encontrar a alguien que tuviera la sabiduría y la experiencia necesaria para ayudarme a descubrir mi verdadero camino.

No tenía idea de que este viaje de búsqueda me llevaría a un descubrimiento asombroso: la interconexión entre la energía y la fe, con la verdadera sanación.

Al hablar de sanación, me refiero a los procesos que ayudan a restaurar la salud física, emocional o espiritual de una persona. Existen diferentes enfoques de sanación, que van desde la medicina tradicional hasta métodos alternativos, como la terapia energética, la sanación con cristales, la acupuntura o la meditación.

La base de la sanación es la idea de que el cuerpo tiene la capacidad de sanarse a sí mismo y que factores como el estrés, las emociones negativas y las creencias limitantes pueden interferir en este proceso.

En esta sanación, la energía y la fe son dos fuerzas poderosas que, al unirse, crean un entorno propicio para que se produzca la sanación y la transformación de una persona.

Por un lado, la energía, en su esencia, es la fuerza vital que fluye a través de todo lo que existe. Todo en el universo está compuesto de energía; las moléculas, los átomos y las partículas subatómicas vibran en diferentes frecuencias, en todo momento. Y esta energía no solo es una forma de vibración que nos rodea, sino también una manifestación de la vida misma, que se traduce en una amplia gama de experiencias, desde la forma en que nos sentimos hasta la manera en que interactuamos con el mundo.

En el contexto de la sanación, el concepto de energía se refiere a la idea de que esta energía puede ser manipulada o equilibrada.

El cuerpo humano tiene un sistema energético, conocido como los chacras, que puede influir en nuestra salud y bienestar. Esta energía se puede sentir, mover y canalizar a través de diversas técnicas de sanación como, por ejemplo, el Reiki, el tai chi, la meditación, etc.

Cada pensamiento, emoción y acción genera energía, y esta energía puede influir profundamente en nuestro bienestar físico, mental, emocional y espiritual.

La sanación energética se basa en la idea de que la energía debe fluir libremente a través del cuerpo. Cuando hay bloqueos o desequilibrios, pueden surgir problemas físicos, mentales o emocionales. Las prácticas de sanación buscan restaurar este flujo de energía, a través de identificar estos bloqueos y desequilibrios que impiden alcanzar el máximo potencial de una persona.

Por otro lado, la fe actúa como un catalizador que potencia esta energía, dirigiéndola hacia un propósito mayor. La fe es un componente esencial en el proceso de sanación, nos permite modificar esa energía. No se trata solo de creer en un poder superior, sino también de confiar en uno mismo y en el proceso. Una mentalidad abierta y una fe genuina en la capacidad para sanar, crea un espacio sagrado donde la energía puede fluir libremente.

La sanación energética busca comprender y mejorar nuestra existencia y bienestar, reconociendo que somos más que solo nuestro cuerpo físico. Nuestras experiencias, creencias, energía y fe en un poder superior juegan un papel crucial en nuestra salud y felicidad.

En mi experiencia, he visto que la fe no solo eleva la energía, aumentando nuestra luz, sino que también actúa como un imán que atrae experiencias y resultados positivos a nuestras vidas. La fe, al igual que la energía, tiene su propia frecuencia. Cuando vibramos en una frecuencia de fe y confianza, comenzamos a atraer situaciones, personas y oportunidades que resuenan con esa energía. En cambio, sentimientos como el miedo y la duda suelen generar frecuencias más bajas, lo que puede obstaculizar el proceso de sanación.

En la aplicación de técnicas de sanación energética, como la terapia de Reiki, la meditación, u otras estrategias mentales, se canaliza energía universal que permite promover la sanación. Este movimiento de energía se vuelve más efectivo cuando se acompaña de una profunda fe, tanto del sanador como de la persona tratada.

Uno de los aspectos más hermosos de esa interconexión entre energía y fe, en la verdadera sanación, es cómo se retroalimentan mutuamente. A medida que las personas sanan y experimentan transformaciones en sus vidas, su fe se fortalece. Esta fe renovada, a su vez, alimenta su energía, creando un ciclo positivo de crecimiento y transformación. Es un recordatorio de que somos cocreadores de nuestra realidad y que nuestras creencias y actitudes pueden influir en nuestra salud y bienestar.

Esta interconexión entre energía y fe se manifiesta en momentos de crisis y desafíos. A lo largo de mi camino he aprendido que, en los momentos más oscuros, cuando la esperanza parece lejana, la fe se convierte en una luz que nos guía. En esos momentos, la energía de la fe puede ser un refugio, que proporciona la fortaleza necesaria para superar obstáculos y encontrar el camino hacia la sanación.

Con este aprendizaje en mi mente, el siguiente paso era aprender algún método de sanación. En esa búsqueda, me apareció en redes sociales la posibilidad de una clase inicial de Reiki conducido por un experto en Metafísica teológica. La enseñanza se centraría en la sanación a través de la imposición de manos, canalizando energía universal para armonizar cuerpo, mente y espíritu.

Esta conexión entre la energía y la espiritualidad, que utilizarían para sanar, me llamó poderosamente la atención. Decidida a seguir mi intuición, me inscribí en el curso de Reiki inicial.

Cuando entré en la sala virtual, sentí una mezcla de emoción y nerviosismo, y a medida que la clase avanzaba, la voz del profesor, que resonaba con sabiduría y un amor tan genuino, capturó mi atención de inmediato.

Al término de la clase, esa mágica experiencia me había enseñado a canalizar energía con uno de los símbolos de Reiki. La nueva energía la sentí intensamente, era un movimiento dentro de mi cuerpo, una vibración tan hermosa y divina, que decidí inscribirme inmediatamente para la Maestría. No quería esperar para aumentar la energía canalizada, y así poder compartir ese conocimiento con otras personas. Estaba emocionada y feliz porque sentía que había encontrado el primer peldaño para empezar a crecer.

Escuchar hablar de la conexión divina y el papel que cada uno de nosotros desempeña en este vasto universo, y que cada experiencia, cada creencia y cada emoción son parte de un todo más grande, me llegó a lo más profundo de mi ser. Me recordaba que no estamos separados. Somos luz. Somos energía. Somos creadores.

En esta entrega de conocimientos, escuchaba verdades que había estado buscando toda mi vida. Entendí por qué el ejercicio de escribir en una hoja tus sentimientos y emociones negativas, que yo realizaba cuando pequeña, me ayudaba a estar más tranquila. Formaba parte de una estrategia mental más completa que ayuda a limpiar el subconsciente de pensamientos negativos. Ahora las cosas cobraban sentido.

Las enseñanzas que me habían dejado mis investigaciones y libros leídos, de alguna manera me habían pavimentado el comienzo de este nuevo camino de aprendizaje.

La meditación se convirtió en un ritual diario, un espacio de paz y reflexión. Noté cómo la energía fluía a través de mí y cómo podía canalizarla para encontrar equilibrio en momentos de estrés. Me di cuenta de que había encontrado una manera de ayudar a otros, incluso a distancia. Me sentía feliz por esa posibilidad, pero lo más importante, fue darme cuenta de que, la mayor sanación que estaba haciendo, era hacia mí, y por algún momento pensé que esa había sido mi búsqueda todo el tiempo, el camino hacia mi propia sanación.

Con gran fe y entusiasmo, empecé a inscribirme en otros cursos: hipnosis, magnetoterapia, meditación avanzada, y otros, que me fueron aportando nuevas estrategias de sanación energética y espiritual. Las prácticas como la hipnosis me ayudaron a desbloquear partes de mí misma que habían estado ocultas durante mucho tiempo. Empecé a acceder a recuerdos y emociones que necesitaban ser sanadas, y esto me llevó a una comprensión más profunda de mi propósito.

Cada curso era un espacio donde yo me sentía segura y podía explorar mis miedos, dudas y aspiraciones. Mis deseos por ayudar a otras personas con estos conocimientos crecían día a día.

Atraída por este enfoque en la energía, la conciencia y la conexión con el universo, con un ser superior, decidí explorar la metafísica teológica como una manera de redescubrir mi propósito e ir alineando mi aprendizaje.

La metafísica, es una rama de la filosofía que se pregunta qué es lo que existe más allá del mundo físico y cómo se relacionan los objetos y las experiencias. En el contexto de la sanación y la energía, la metafísica explora cómo nuestras creencias, pensamientos y emociones pueden influir en nuestra realidad física y en nuestra salud. Creer en la posibilidad de la sanación puede abrir la puerta a cambios positivos.

Los principios metafísicos, por lo tanto, enriquecen la práctica de sanación, no solo para los sanadores, sino para cualquier persona en busca de una vida más plena y consciente. Explorar la profundidad del ser y la conexión entre mente, cuerpo y espíritu, permite que cada uno pueda convertirse en un sanador más eficaz y consciente.

Al estar todos interconectados, las emociones y pensamientos de una persona pueden afectar a los demás, y nuestras energías pueden influir en el entorno que nos rodea.

A medida que avanzaba en mi aprendizaje de metafísica, leyes universales y estrategias mentales, y que iba aplicando lo aprendido en mi vida diaria, comencé a notar cambios en mi entorno, en mis relaciones personales, familiares y con amigos y, sobre todo, en mi conexión con Dios. Todo era más armónico, y a pesar de que la mayoría no creía en mis nuevos conocimientos, si notaban un cambio positivo en mí y se alegraban por eso.

Algunos amigos, que había tenido durante años, veían mi cambio como algo bueno, pero con escepticismo, y terminaban diciendo: "Si te hace bien, está perfecto". Otros, se fueron alejando, como si la energía se encargara de ajustar los sistemas y mover las piezas necesarias para un mejor funcionamiento. Era un distanciamiento que yo entendía sin resentimientos, que debía dejar que siguieran su camino, soltar y agradecer las experiencias vividas. La energía que ahora irradiaba buscaba paz, crecimiento y amor verdadero.

Mientras algunos amigos se alejaban, en su lugar, empezaron a aparecer personas que compartían mi búsqueda espiritual, mi deseo de vivir con mayor conciencia y de honrar cada momento. Empezó un recambio de energía, una que resonaba más con mi nueva vibración.

Empecé a compartir con amigas cercanas largas charlas sobre el poder de la intención, la sanación mediante la energía y la importancia de mantener la mente y el espíritu en equilibrio. Gracias a la confianza y el cariño, especialmente de algunas de ellas, como Virce, Nelly, Consu, Dorian y Lorena, di comienzo a mis primeras prácticas de sanación energética hacia otras personas.

El tiempo que dedicaba a estudiar metafísica era fundamental para mi crecimiento. No solo estaba aprendiendo sobre técnicas de sanación y energía, sino que, también desarrollando una nueva comprensión de mí misma, empoderándome para abrazar mi autenticidad y para compartir mis experiencias con los demás.

A medida que profundizaba en mis estudios, me fui transformando en alguien que podía mirar el pasado sin dolor, entendiendo que todo lo ocurrido había sido un maestro en mi vida. Una de las enseñanzas más valiosas fue la importancia de la autocompasión, de que el amor hacia uno mismo es fundamental para poder amar a los demás.

Aprender a ser amable conmigo misma, dejando atrás los juicios y autocríticas, fue un cambio radical que transformó mi vida. Cada vez que me enfrentaba a mis propios desafíos, recordaba lo aprendido y trataba de abordarlos con amor y comprensión.

Las prácticas de gratitud se volvieron parte de mi día a día, recordándome que, aunque a veces tenemos dificultades e inseguridades, la verdadera lección era aprender a amarme a mí misma lo suficiente como para construir un futuro más consciente y pleno.

Los meses se convirtieron en un tiempo de renacimiento para mí. Ahora, mi vida estaba llena de una energía renovada y de amistades que se nutrían de conversaciones profundas, apoyo mutuo y una comprensión compartida de lo que significaba crecer y sanar juntos.

Cada día me sentía más conectada con mi espiritualidad. Las prácticas de meditación y técnicas de respiración me ayudaban a sintonizarme con mis emociones y pensamientos, a experimentar momentos de claridad y conexión, que me hacían sentir una profunda paz.

Esta conexión me permitió entender cómo mis emociones y pensamientos afectaban no solo mi bienestar, sino también la energía de quienes me rodeaban. Comprendí que había estado perseguiendo metas externas en lugar de escuchar la voz interna que anhelaba ser escuchada. A través de esta exploración, entendí que la sanación no solo implica aliviar síntomas, sino también liberar lo que ya no nos sirve. El proceso de dejar ir y confiar se fue convirtiendo en un pilar fundamental en mi vida y en mi práctica.

Mi interés y entusiasmo por la Metafísica teológica crecía cada día, quería seguir explorando sin miedo a desafiar mis propias creencias. Sin embargo, ese camino significaba mayor dedicación y dejar, por lo menos un tiempo, mi trabajo como ingeniera, y eso incluía otros desafíos, enfrentar la opinión de mi esposo y mi hija. Tuve que enfrentar sus opiniones, sus miedos, sus preguntas… y mantenerme firme en mi decisión, arraigada en la certeza de que mi alma, al fin, estaba respondiendo a un llamado superior.

CAPÍTULO 5

Camino de Aprendizaje

La decisión de dejar la ingeniería para dedicarme a estudiar de manera más profunda la Metafísica y la sanación energética, no llegó de la noche a la mañana. Fue un proceso tumultuoso, lleno de preguntas y dudas que me atormentaban. Aunque había encontrado una nueva pasión en la sanación energética, cada vez que pensaba en dar el salto y en la idea de cambiar de rumbo, aparecía un nudo en mi estómago. Mi familia era mi prioridad y no sabía cuál sería su reacción, sin embargo, el deseo de ser auténtica crecía dentro de mí, como una llama que no quería apagarse.

Heinrich consideraba que el éxito se mide por logros tangibles, una carrera sólida, y un carácter fuerte, que no da paso a la debilidad, y por lo mismo, nunca había confiado en los psicólogos ni nada parecido. Aunque comprendía mis inquietudes y me apoyaba en todo, su visión del mundo era diferente a la mía, y sentía que no podía compartir plenamente mi búsqueda. Siempre fue muy escéptico, y no era la primera vez que me lo hacía saber.

Desde que había empezado a explorar el mundo de la sanación y me había interesado por la Metafísica, noté una resistencia en él que antes no había visto con las terapias de Flores de Bach, ni con mis estudios profundos sobre María Magdalena y su relación con Jesús. A lo más me decía que en la antigüedad me hubiesen tratado de hereje por mis creencias. Sin embargo, ahora, su inquietud, a menudo la manifestaba en bromas despectivas sobre las meditaciones y las terapias, o diciéndole a los amigos que yo era la encargada del departamento espiritual en la familia, y que ese no era su departamento.

Mis clases y las prácticas que realizaba con mis amigas se fueron convirtiendo en momentos de entusiasmo y energía renovada, y Heinrich observaba como yo florecía en cada una de ellas. A pesar de su escepticismo, a veces me dejaba practicar con él algunas estrategias de sanación, diciendo que mal no le harían. Aun así, el día que le conté que quería inscribirme en un curso más avanzado de metafísica, y que sería en España el siguiente año, comenzó a preocuparse. La inversión no era pequeña, y él temía que todo fuera un engaño, un espejismo que no solo gastaría mis ahorros, sino que me decepcionaría. Aunque confiaba en mi intuición, el temor al engaño lo rondaba. Inevitablemente su reacción me dejó llena de dudas.

Con mi voz entrecortada, intenté explicar a Heinrich que yo sentía que había algo más grande esperándome, que debía continuar mi aprendizaje para lograr mi deseo de ayudar a las personas de una manera que no podía como ingeniera. Sin embargo, cada vez que trataba de abrirme para hablar de mis sueños, la conversación se convertía en un intento por sembrar dudas respecto a mis verdaderos anhelos y las intenciones de quienes dictaban los cursos. Su escepticismo me hacía dudar de mi propia visión, lo que complicaba más aún tomar una decisión. Empecé a preguntarme si estaba siendo ingenua… y esa incertidumbre lo volvió todo más difícil.

Los días pasaron y la presión se intensificó. Mi hija también comenzó a hacer preguntas, no entendía porque dedicaba tanto tiempo a leer y estudiar. Un día me preguntó, "Mamá, ¿por qué quieres dejar de ser ingeniera y estudiar Metafísica?, ¿si estás aburrida, por qué no trabajas tiempo completo de ingeniera ahora que ya no estoy en casa?, ¿acaso quieres ser hippie?"

Aquellas palabras me causaron un poco de risa. Era cierto que ahora tenía más tiempo, pero nunca tuve la intención de dejar mi independencia laboral. Al parecer mi hija no lo tenía claro y me lo estaba transmitiendo a través de sus palabras. Sentí su miedo a que ya no fuese esa mamá que ella conocía antes de irse a Estados Unidos, esa mujer profesional, ejecutiva, que se viste a la moda y gusta de viajar. Creo que, al igual que la mayoría de las personas, piensa que dedicarse a un camino más espiritual significa abandonar lo que te gusta. Sus palabras me atravesaron como un puñal. Era como si el peso de la incertidumbre cayera sobre mí, amplificado por la vulnerabilidad de su voz.

Ese día, al finalizar la videollamada, me llené de preguntas. "¿Y si no soy buena en esto de la sanación? ¿Qué pasará si me arrepiento?" ¿Cómo integraré la familia y la realización de mis sueños?"

La preocupación en la voz de Sabine reflejaba el miedo que yo misma sentía. En ese momento, me di cuenta de que mis decisiones no solo afectaban mi vida, sino también la de ellos. La idea de decepcionar a mi familia me llenó de angustia, y la tristeza inundó mi corazón.

Pasé los siguientes días sumida en un mar de confusión. Me sentía atrapada entre dos mundos: el de la ingeniería, donde había construido una carrera sólida, y el de la sanación, donde mi corazón parecía querer llevarme.

A pesar de mis dudas, algo dentro de mí insistía en que esta transformación era necesaria. Era como si mi alma gritara por ser escuchada, un llamado que no podía ignorar. Era el momento de aplicar las estrategias que había aprendido y me enfoqué en mantener calma y una fe absoluta en que Dios me mostraría el camino y daría respuestas a mis inquietudes.

Durante varios días nos mantuvimos casi en silencio con Heinrich, él en su oficina y yo en mis meditaciones y clases de Metafísica en el comedor.

Una mañana vi un mensaje en el celular que mostraba una invitación. Al abrirla, lo primero que resalta a mis ojos fue la fecha, en números grandes, 9 de marzo, día de mi cumpleaños pensé, y luego me detuve a ver de qué se trataba. Era una invitación al matrimonio del hijo de un gran amigo de mi esposo, quien, junto a su esposa, ya eran parte importante de nuestras vidas. El matrimonio se efectuaría en Zaragoza, España, y efectivamente sería el día de mi próximo cumpleaños.

Sin dudar un instante, corrí donde Heinrich y le dije: "Ya tengo mi regalo de cumpleaños". Él, sin comprender, porque aún no había visto la invitación, me miró muy extrañado. Al ver la invitación, se sonrió y me dijo: "Parece que sí". Muy contenta, llamé inmediatamente a mis amigos y les di las gracias por el regalo de cumpleaños y por la invitación. En ese instante ellos se dieron cuenta de que el matrimonio sería el mismo día de mi cumpleaños, y con mucha alegría decidimos reunirnos para coordinar el viaje con anticipación.

Fue un regalo divino. Para mí era un mensaje de que todo estaría bien, una señal. Al matrimonio iría también mi hija desde Estados Unidos, ya que justo coincidía con una semana libre en su Universidad. Era como si todo hubiese estado perfectamente planeado. Y así fue, ya que con Heinrich decidimos que aprovecharíamos la oportunidad para hacer nuestro recorrido por el sur de Francia, el que yo tanto anhelaba y que, a esas alturas, él también quería hacer. Luego de eso, yo partiría rumbo a mi curso en España.

Todo estaba bien, todo se había ajustado en una perfecta armonía. Mi mayor desafío era terminar de leer todos los libros y estudiar las grabaciones, que eran requisitos para el curso presencial de España. Me puse como meta hacerlo antes de viajar al matrimonio para así disfrutar con mi familia y amigos sin problemas. Era una promesa a mi misma. Ahora el viaje era real y mi corazón estaba listo.

Empezamos a hacer reuniones mensuales entre las tres parejas de amigos que iríamos al matrimonio en España, con la idea de coordinarnos para el viaje. Nos iríamos antes de la boda para conocer Zaragoza y después del evento, viajaríamos a Barcelona, a pasar unos días. La verdad es que las llamadas reuniones de coordinación eran una buena excusa para juntarnos y reírnos, porque lo que menos hacíamos era coordinarnos, pero nos divertíamos mucho. Luego, fijábamos la próxima reunión de coordinación. Era muy gracioso.

La planificación de nuestro viaje al sur de Francia para explorar la Ruta Cátara, la de los Caballeros Templarios, los lugares donde vivió María Magdalena y donde hoy se encuentran sus reliquias, conocer los santuarios y grutas en su honor, me llenaba de emoción, convirtiéndose en un faro de luz en un momento de incertidumbre. A pesar del escepticismo de mi esposo y mi hija, el viaje prometía ser una aventura que nos uniría, y quizás, nos permitiría encontrar un nuevo significado juntos.

Sentía que este viaje no solo sería una escapada y un sueño cumplido, sino también una oportunidad para explorar temas espirituales y culturales que resonaban con mi camino de sanación. El viaje me serviría para reflexionar y aclarar la mente acerca de mis creencias y la decisión del camino que seguiría.

La Ruta Cátara, la de Los Caballeros Templarios y la de María Magdalena, con su rica historia de espiritualidad y misticismo, se convirtieron en nuestros destinos. Imaginaba pasear por los paisajes que una vez habían sido el hogar de los cátaros, un grupo que defendía sus creencias en un mundo hostil. Quería conectar con la energía de María Magdalena y esos lugares sagrados. Investigar sobre su legado y el impacto que tuvo en la historia me llenaba de inspiración.

Planificamos el viaje con entusiasmo, decidiendo visitar castillos, abadías y pueblos que habían sido testigos de la historia cátara. Visitaríamos los lugares donde llegó María Magdalena y sus acompañantes, el pueblo donde vivió por un tiempo, la cueva donde terminó sus últimos años de vida dedicados a la meditación e introspección.

La idea de nutrirnos con nuevas experiencias y conocer lugares con una profunda carga espiritual se convirtió en un símbolo de renovación. Este viaje no solo me permitiría ampliar mis horizontes, sino que también serviría como una forma de celebrar nuestro amor y conexión en un momento de transformación personal, en el cual, sin darse cuenta, Heinrich también estaba participando.

En medio de mi viaje interno, compartir esta experiencia, con mi esposo y nuestra hija, me daba la oportunidad de adentrarnos en el misticismo y espiritualidad que yo experimentaba, sin que les resultara incómodo.

La primera etapa del viaje con nuestros amigos y mi hija fue espectacular. Compartimos, nos divertimos, y conocimos Zaragoza, Ligüerre de Cinca, un lugar mágico cerca de Los Pirineos, donde se desarrolló la boda, y luego fuimos a Barcelona.

En Barcelona, visitamos, con Sabine y Heinrich, la Montaña Sagrada de la Montserrat, la Virgen morena patrona de Cataluña, conocida como "La Moreneta", que nos llenó de una energía muy bonita a los tres, casi magnética. No habíamos planeado ir, pero esa visita inesperada se sintió como uno de esos pequeños milagros de la vida, y estábamos profundamente agradecidos.

Después de unos días en Barcelona, nos fuimos con mi esposo e hija a recorrer algunos pueblos del sur de Francia, los más cercanos a España que teníamos en nuestra ruta, debido a que Sabine tenía que volver a Estados Unidos para continuar con sus clases en la universidad. Visitamos Carcassonne y su maravilloso Castillo Medieval, la Abadía de Fontfroide en Narbona, y otras ciudades medievales que contaban, entre sus muros y edificaciones, parte de ese pasado que tanto había investigado.

Después de unos días, regresamos a Barcelona para dejar a Sabine en el aeropuerto. Nuestra inmensa felicidad no solo era reflejo del resultado de haber conocido lugares con tanta historia, sino también porque nuestros corazones habían encontrado esa conexión que nos permitía seguir avanzando, desde una mayor empatía, entendiendo que el amor que nos une es la fuerza impulsora para aceptarnos, incluso con nuestras diferencias y nuestros procesos individuales. Nos despedimos de Sabine con inmenso amor y la tranquilidad de sentir que ella se regresaba con un corazón lleno de alegría y confianza por el amor que compartíamos.

Luego, retomamos el viaje con Heinrich hacia la ruta por donde hace muchos años atrás, María Magdalena había entregado su mensaje de amor divino a la humanidad.

Cruzamos los Pirineos, desde España a Francia, a través de un largo túnel por el lado de España y otro parecido por el lado de Francia. Creo que nunca había visto túneles tan largos.

Visitamos el Castillo de Puivert y luego el Castillo de Montsegur, situado a más de 1.200 metros de altura sobre la montaña de Pog, uno de los más relevantes en la historia cátara. En este lugar miles de cátaros fueron echados a la hoguera por negarse a renunciar a su fe. El silencio de la montaña aún guarda su valentía.

Conocimos Béziers, una ciudad con 2.700 años de historia. Esta ciudad, en el siglo XIII, año 1209, fue sitiada durante la cruzada albigense, por considerarse ciudad hereje al albergar a algunos cátaros. Todos sus habitantes fueron ejecutados, la catedral de Béziers y la de San Nazario, fueron incendiadas con cientos de personas que se habían refugiado en su interior y a los que no dejaron salir. Béziers fue utilizado como ejemplo de lo que sucedería a aquellas ciudades que albergaran a los cátaros.

Después nos fuimos a Quillan, un pequeño pueblo medieval situado en el Aude, Occitania. Aquí se han filmado varias películas relacionadas con elfos y duendes, entre ellas la conocida saga "El Señor de los Anillos", además se realizan festivales celtas durante el año. Nos alojamos junto al puente viejo, donde una hermosa vista al puente y al Castillo de Quillan, nos hacía sentir estar viviendo en la época medieval.

Llegamos a Rennes Le Château, un pequeño pueblo ubicado en el corazón de los Pirineos Franceses, donde se encuentra la Iglesia y la Torre de Magdala. En este lugar, el Párroco Berenger Saunier, en el año 1885, durante la remodelación de la Capilla, descubrió unos antiguos pergaminos, conocidos en la actualidad como "El Evangelio de María Magdalena". Este lugar también es conocido por la novela "El Código Da Vinci", y al estar allí, podías sentir por qué. Hay algo en él que se siente envuelto en secreto y sacralidad.

Nos quedamos unos días en Saint Maximin la Sainte Baume, lugar de retiro de María Magdalena y donde pasó la mayor parte de su vejez. Aquí se encuentra la Basílica de Santa María Magdalena, fundada en el siglo XIII, y en su cripta se guardan sus reliquias y sus restos.

Desde ahí, fuimos al "Grotte de la Sainte Baume", la gruta de María Magdalena, ubicada en la cima de una montaña rodeada de un maravilloso bosque, conocido como el Bosque de Santa María Magdalena, por ser el lugar donde ella iba a hacer oración y meditación. Al parecer, María Magdalena pasó en la gruta sus últimos días de vida hasta morir, y después su cuerpo fue llevado a lo que es ahora la Basílica de Santa María Magdalena. Todo se sentía como un círculo sagrado, que se cerraba y se abría al mismo tiempo.

Nuestro viaje terminó en el pueblo blanco Saintes Marie de la Mer, lugar que acogió a María Magdalena después de la crucifixión de Jesús. Aquí se encuentra el "Templo de Saintes Marie de la Mer", iglesia que rinde homenaje a las 3 Marías: María Magdalena, María Jacobé y María Salomé. También se encuentra la cripta de "Sara la Kali", la virgen morena, patrona de los gitanos del mundo y lugareños de este pueblo. La llamada "historia olvidada" por algunos investigadores señala a Sara como la Hija de María Magdalena y Jesús.

Fue un hermoso y emotivo viaje de conexión e integración, lleno de magia. Cada rincón recorrido, desde las colinas de los Pirineos hasta los valles de Occitania, incluida la costa mediterránea en Santa María de la Mar, me permitían ir reconociendo la llama interna que ardía en mi interior.

Tendría que escribir otro libro para contar y detallar toda la belleza de las montañas, ríos y vegetación, que rodean a los pequeños pueblos y villas medievales. La magia de los castillos, iglesias, y santuarios es impactante. La maravillosa energía, historia y paisajes llenos de leyendas, me estremecieron en lo más profundo de mi alma. No solo estaba caminando por tierras sagradas, estaba siendo iniciada por ellas.

Este viaje se convirtió en un reflejo del viaje espiritual que había estado buscando. Cada paso dado a lo largo del viaje representa, no solo un recorrido físico, sino también, un camino de autoconocimiento y transformación, un recordatorio de que la búsqueda de la verdad comienza en el corazón.

Terminamos nuestro recorrido un poco antes de lo planeado para llegar a tiempo a mi curso presencial en España. Mi esposo volvió a Chile y yo continúe mi camino sola. Mi búsqueda espiritual ya desde hace años incluía momentos de dedicación personal, y este era un desafío importante para ambos. Por primera vez, después de tantos viajes juntos, él volvía solo a casa y yo, tomaba otro rumbo, en búsqueda de conocimiento y experiencias, que resonaran con la nueva energía en la que vibraba, un camino hacia lo desconocido.

Me sentía muy emocionada, pero también nerviosa. Sabía que mi enfoque hacia la metafísica no sería convencional y que enfrentaría escepticismo de mi familia y mi entorno. Sin embargo, la fortaleza adquirida durante el viaje me preparó para enfrentar estos retos.

El intensivo retiro formativo, además de enseñarme técnicas avanzadas de sanación y crecimiento espiritual, me entregó una experiencia que despertó en mí un nuevo nivel de sensibilidad y comprensión de todo lo que me rodea. Las enseñanzas adquiridas iban más allá de lo aprendido en los libros, y su enfoque en la sanación y conexión energética, tanto personal como para otros, me llenaron de esperanza y entusiasmo. Mi corazón sentía un profundo agradecimiento a Dios por tantas bendiciones.

Finalizado mi curso, y luego de un breve descanso en Madrid, regresé a Chile con nuevas ideas y energías, y con la convicción de que mi vida se estaba transformando a una gran velocidad. Tenía claro que, para evolucionar, debía poner en práctica todo lo aprendido. Las puertas de un nuevo desafío se asomaban en mi vida, y yo quería cruzarlas para avanzar en mi camino espiritual y ayudar a otros en sus procesos. Sabía que tanto mi esposo como mi hija eran escépticos respecto a estos temas, y el hecho de adentrarme en el misticismo y la espiritualidad no les resultaba del todo convincente, pero yo tenía un gran anhelo y necesitaba encontrar el coraje para expresarlo.

La idea de que el propósito no siempre está ligado a una profesión, o a logros visibles, me animaba a explorar mis pasiones y talentos más allá de lo que la sociedad consideraba exitoso. Pensé que la verdadera satisfacción viene de vivir en alineación con tu auténtico ser, y esta frase resonaba en lo más profundo de mi corazón.

Convencida y motivada por la idea de que todos tenemos el derecho a perseguir nuestros sueños, decidí que debía compartir mis sentimientos con mi esposo nuevamente. Teníamos una conversación pendiente y era el momento de abordarla.

Abrí mi corazón a Heinrich con gran amor y fe. "Sé que esto es difícil de entender", comencé, "pero siento que este cambio es parte de mi propósito. No solo quiero ser feliz, sino también ser un ejemplo para nuestra hija. Quiero que sepa que puede seguir sus pasiones sin miedo". Suspiré profundamente, esperando que mis palabras llegaran a su corazón.

Heinrich me miró en silencio, en su rostro había una mezcla de preocupación y resignación. A pesar de que aún era escéptico, reconoció que el viaje al sur de Francia había cambiado su perspectiva en algunos aspectos y que no necesitaba entender todo para apoyarme en lo que yo deseaba. Luego agregó, "sólo quiero que estés segura", y finalmente dijo, "pero también quiero que pienses en nuestra estabilidad. No será fácil, pero te apoyaré en lo que decidas".

Sus palabras me hicieron sentir una vez más el peso de la responsabilidad, pero, al mismo tiempo, me recordaron que el camino de la transformación nunca es fácil. Fue entonces cuando decidí que, aunque el escepticismo me rodeara, debía escuchar a mi corazón y seguir mi camino. En ese instante, supe que mi viaje hacia la sanación no solo beneficiaría a otros, sino que también podría ser una forma de fortalecer a mi familia.

A partir de ese momento decidí ampliar mi alcance y empecé a ofrecer sesiones de terapia a mis amigas más cercanas y a mi familia. Incluso con Heinrich empecé a practicar diferentes estrategias de sanación y meditación, y a pesar de no comprender por completo lo que yo realizo, poco a poco ha comenzado a cambiar su percepción.

Mi relación con Heinrich se fue fortaleciendo día a día y él empezó a aceptar que no necesitaba entender todo para apoyarme, sino que aprender a confiar en mi nuevo camino.

Con el tiempo, sentí que ese aprendizaje de Heinrich se convertiría en un proceso, un viaje que compartiríamos juntos. No sabía cómo terminaría, pero estaba dispuesta a intentarlo.

Así, con cada paso hacia mi nuevo destino, sentía que la llama de mi propósito se avivaba. Estaba lista para abrir las puertas a una nueva vida, a ese nuevo desafío, aunque eso significaba enfrentar los temores de los que amaba.

CAPÍTULO 6

Proceso de Transformación

Desde una edad temprana, las creencias que moldean nuestra identidad pueden sentirse como un segundo hogar. Son cómodas y familiares, y a menudo nos ofrecen una sensación de seguridad. Sin embargo, a medida que crecemos, comenzamos a reconocer que algunas de estas creencias pueden ser limitantes.

A lo largo de mi vida, he llegado a comprender que nuestras creencias son muy poderosas. Son los lentes a través de los cuales interpretamos el mundo. La sociedad, la familia y la cultura nos imponen una serie de ideas y creencias que se convierten en guías no escritas para nuestras vidas. A menudo, estas creencias están impregnadas de miedo: miedo al rechazo, al fracaso y a la incomprensión.

Sin embargo, a medida que he profundizado en mi viaje espiritual, me he dado cuenta de que la verdadera libertad reside en cuestionar y desafiar estas creencias. Me di cuenta de que había asumido ciertas ideas sobre quién debía ser y cómo debía vivir. Desde pequeña, a pesar de todos los desafíos a los que me vi enfrentada, absorbí un conjunto de creencias sobre lo que se esperaba de mí o que yo creí que debía cumplir: ser una buena estudiante, alcanzar el éxito profesional y seguir las normas establecidas. Estas expectativas, aunque bien intencionadas, a menudo se sentían restrictivas. Al avanzar en mi vida, comencé a cuestionar si realmente eran mis creencias o simplemente eco de lo que otros esperaban de mí, o de lo que yo me exigía para encajar y ser aceptada.

Desafiar mis propias creencias y prejuicios fue un viaje lleno de autoexamen. A medida que me cuestionaba, me daba cuenta de que debía soltar muchas de ellas, y este acto de soltar no fue fácil. Las creencias que se habían convertido en parte de mi identidad estaban profundamente arraigadas, y la idea de deshacerme de ellas me daba miedo. Sin embargo, al explorar mis pensamientos y sentimientos más profundos, poco a poco fui tomando consciencia de que aferrarme a estas creencias limitantes me estaba impidiendo crecer. Este reconocimiento fue el primer paso hacia una transformación significativa.

Algunas de las creencias que descubrí eran dolorosas, mientras que otras eran liberadoras. Por ejemplo, siempre había creído que por el hecho de ser ingeniera debía tener una carrera exitosa en el mundo de la ingeniería para ser considerada valiosa. Sin embargo, a medida que me permití explorar mi pasión por la sanación y la espiritualidad, comencé a cuestionar si esta creencia era realmente mía o simplemente una expectativa social que pretendía cumplir. Fue un momento de epifanía cuando comprendí que mi valor no estaba definido por mi profesión o por mi cargo en un trabajo, sino por la calidad de amor y compasión que ofrezco al mundo.

Otro de los principales prejuicios que debía desechar rápidamente provenía de la creencia errónea de que las personas espirituales no disfrutan de la diversión, el placer, o el dinero, entre otras cosas, tema que es muy común y que ha persistido durante mucho tiempo en la sociedad. Esta percepción puede ser dañina y limitante, ya que no refleja la verdadera naturaleza de la espiritualidad.

En realidad, la espiritualidad no se trata de renunciar a las cosas materiales o de rechazar el placer y la diversión. La espiritualidad se enfoca en cultivar una conexión profunda con uno mismo, con los demás y con la energía universal. Esto puede incluir prácticas tan positivas como la meditación, la oración, el yoga y/o la conexión con la naturaleza, las que se pueden integrar plenamente en nuestra vida diaria.

Muchas personas espirituales disfrutan de la diversión y el placer de manera saludable y equilibrada. Pueden apreciar la belleza de la música, el arte, la literatura y otras formas de expresión creativa. También pueden disfrutar de actividades físicas, como el deporte, la danza o simplemente caminar al aire libre.

En cuanto al dinero, la espiritualidad no se trata de rechazar la riqueza material, sino de entender su verdadero valor y propósito, apreciar la seguridad y la comodidad que proporciona la energía del dinero, sin considerarlo como el fin último de la vida, sino como un resultado de tus acciones. En su lugar, una persona espiritual intenta enfocarse en utilizar sus recursos para vivir bien y hacer el bien, ayudar a los demás y contribuir al bienestar de la humanidad.

Otra creencia errónea generalizada es que las personas espirituales son débiles, pasivas o con falta de ambición. Sin embargo, la espiritualidad puede ser una fuente de gran fuerza, resiliencia y motivación. Las personas espirituales pueden ser líderes, emprendedores, artistas y/o comunicadores que utilizan su conexión espiritual para inspirar y transformar el mundo, llevando su luz en cada paso que dan.

En realidad, ser una sanadora enfocada en la espiritualidad no significa renunciar a las cosas materiales o rechazar el placer y la diversión. Se trata de cultivar una conexión profunda con uno mismo, con los demás y con el universo, y de utilizar esa conexión para vivir una vida más auténtica, significativa y plena.

Este proceso de soltar ideas y creencias equivocadas implicó un acto de confianza, donde la meditación y la reflexión fueron creando un espacio sagrado que me permitió escuchar mi voz interior. En este silencio, comencé a encontrar la claridad y calma que tanto anhelaba. Aprendí que soltar no significa renunciar, sino permitir que nuevas posibilidades entren en tu vida, y este acto no fue solo una cuestión de desmantelar viejas ideas; también se convirtió en un camino hacia una fe más profunda.

Al abrirme a nuevas perspectivas, fui encontrando un amor más expansivo y compasivo hacia Dios, un amor que no se basaba en dogmas rígidos, sino en una conexión viva y dinámica que me invitaba a explorar, aprender y crecer.

A medida que fui desafiando y soltando creencias limitantes, el amor comenzó a fluir de maneras inesperadas. Este amor no solo se manifestó en mi relación con Dios, sino también en la interacción con mi familia y con los demás. Al liberarme de las expectativas y juicios, me sentí más capaz de amar sin condiciones, y comprendí que el amor se expande cuando se nutre en un espacio de autenticidad y aceptación.

Este proceso de transformación me ayudó a comprender que cada persona tiene sus propias creencias y experiencias, y desafiar estas creencias no se trata de imponer mi verdad, sino de crear un espacio de diálogo y comprensión.

Este nuevo paradigma me ha permitido abrazar la diversidad en mi vida espiritual y en mi entorno. He encontrado un sentido de conexión y solidaridad con aquellos que también buscan la verdad, desafiando las expectativas y buscando un amor más auténtico.

El camino hacia mi nueva vida como sanadora no solo era de autodescubrimiento, sino también una exploración de cómo podía integrar mis conocimientos de ingeniería y sanación con esta nueva mirada.

Al principio, sentía que estos mundos estaban separados, incluso en conflicto. La ingeniería, con su lógica y precisión, parecía estar en desacuerdo con la fluidez e intuición de la sanación energética, como dos mundos completamente opuestos, pero con el tiempo, empecé a ver cómo se complementaban de maneras sorprendentes.

A medida que profundizaba en mis prácticas, comencé a ver patrones y principios comunes que me permitían unificar mis conocimientos.

La ingeniería se basa en leyes fundamentales de la física y la matemática diseñadas para crear estructuras sólidas y eficientes.

De manera similar, la sanación energética se fundamenta en leyes universales, leyes de energía y vibración que afectan nuestro bienestar. Al igual que una estructura necesita un diseño sólido para ser duradera, nuestro bienestar también depende de una base sólida de salud física, emocional y espiritual.

Un concepto fundamental en ingeniería es la idea de que cada elemento en un sistema interrelaciona y afecta a los demás. Esta es una realidad que se aplica igualmente al cuerpo humano. Cada órgano, cada célula, cada emoción están intrínsecamente conectados. Cuando uno de estos elementos está desequilibrado, el sistema en su conjunto se ve afectado.

La verdadera sanación va más allá de las técnicas y los métodos, y ambos campos, tanto la ingeniería como la sanación, requieren creatividad, análisis y un profundo entendimiento de las necesidades humanas. En ambos campos, hay un respeto profundo por la naturaleza y su funcionamiento.

Esta profunda interconexión me permitió darme cuenta de que el camino espiritual no era un escape de mi carrera, sino una integración de todos mis conocimientos.

Todo el conocimiento que alguna vez creí separado comenzó a integrarse. Mi mente de ingeniera no me descalifica para ser sanadora, me fortalece. Me da estructura para sostener el espacio, lógica para afinar y guiar mi intuición, y capacidad de ver patrones, no solo en planillas de cálculo, sino también en la vida de las personas.

Esto no se trataba de elegir un camino sobre otro; se trataba de abrazar, con amor y verdad, la totalidad de quién soy.

CAPÍTULO 7

Integración hacia un Nuevo Propósito

En esta transformación, he aprendido que el verdadero poder no reside únicamente en la ciencia, sino también en la fe, el amor y la energía que todos llevamos dentro.

Muchas de las herramientas que se utilizan en mi carrera como ingeniera se utilizan de alguna manera en las prácticas de sanación. La visualización, por ejemplo, es una técnica poderosa en ambas disciplinas. En ingeniería, se utiliza para planificar y prever problemas potenciales en un nuevo proyecto. En sanación, la visualización se convierte en una herramienta para imaginar la sanación y el equilibrio. Guiar a las personas en este proceso no solo las ayuda a relajarse, sino que también les permite visualizar su propia salud y bienestar, generando un cambio tangible en su energía.

Sin embargo, no basta con la lógica de la ciencia para alcanzar una transformación de la energía, se deben integrar principios espirituales en las prácticas de sanación, reconociendo que cada persona es un ser único con su propio camino y que la espiritualidad juega un papel crucial en el proceso de sanación y recuperación.

Ayudar a alguien a liberar su dolor o a encontrar paz interior, es participar en un acto sagrado, donde la fe y la conexión con lo divino son fuerzas transformadoras que impulsan la sanación.

La sanación no es solo un proceso físico, sino una experiencia holística que involucra cuerpo, mente y espíritu.

Cada uno de nosotros tiene el poder de sanar, no solo a nivel individual, sino también a nivel colectivo. Cada acto de amor, cada esfuerzo por mejorar nuestra salud resuena en el universo, creando un efecto dominó que puede transformar no solo nuestras vidas, sino también el mundo que nos rodea.

A medida que me he ido adentrando en este nuevo camino, he encontrado personas que comparten mis ideas y que, al igual que yo, buscan respuestas más allá de lo tangible, sin embargo, también me he encontrado con personas totalmente incrédulas que, a pesar de ver cambios positivos en mi vida y entorno, prefieren no creer que la transformación es posible.

A través de este recorrido he aprendido a confiar en mi intuición y a seguir mi instinto, a pesar de la incredulidad de algunos. A menudo, ignoraba esa voz intensa por miedo al juicio o al fracaso, pero ahora he aprendido a verla como una guía en lugar de una carga, y esa nueva perspectiva ha cambiado la forma en que tomo decisiones.

Mi enfoque pasó de un estado de lucha y control, a uno de entrega y confianza en el proceso de la vida.

La práctica de la meditación antes de tomar decisiones importantes, el encontrar momentos de reflexión en medio del caos que en ocasiones se pueda manifestar, me ayudan a mantener la calma y me permiten tomar decisiones más alineadas con mis valores y propósitos.

Hoy miro hacia atrás y me doy cuenta de que he aprendido a aceptar que todo pasa por algo más grande, y que cada experiencia es un aprendizaje.

Cada una de las experiencias vividas me fue preparando para los desafíos futuros y me dieron la base sobre la cual construir este nuevo camino, donde se integran mis conocimientos como ingeniera y mi pasión por la sanación y el bienestar al servicio de los demás. Todo lo que soy hoy en día se fundamenta en esos pilares sólidos que fui construyendo en mi camino, y que sigo transitando.

La resiliencia que cultivé durante años me ha acompañado en cada paso de mi vida, recordándome que los límites están destinados a ser desafiados y que cada uno de nosotros tiene el poder de crear su propio camino.

Lo que comenzó como un desafío se transformó en una oportunidad para explorar nuevas dimensiones de mi vida, especialmente en el ámbito de la sanación energética y espiritual.

Esta combinación de energía y fe nos invita a reconocer que somos parte de un todo interconectado. Cada uno de nosotros tiene el poder de influir en la energía colectiva del mundo a través de nuestras creencias y acciones. Al vivir en alineación con la fe y la energía positiva, no solo sanamos nuestras propias vidas, sino que también contribuimos a la sanación del mundo que nos rodea.

La energía y la fe son dos elementos inseparables en el camino hacia la sanación y el crecimiento personal. Al integrar estas fuerzas en nuestra práctica y en nuestras vidas, podemos crear un espacio donde la transformación y el amor florezcan. Somos seres de energía divina, capaces de sanar, crecer y manifestar una vida llena de propósito y significado.

Al abrazar esta conexión, he encontrado no solo mi propósito, sino también una profunda paz interior. He llegado a comprender que esta conexión divina, que es un elemento fundamental en el proceso de sanación, trasciende la lógica y la ciencia; es un hilo sutil que nos une a algo más grande que nosotros mismos, una fuente de energía, amor y sabiduría infinita, que se manifiesta de diversas maneras. Para algunos, puede ser a través de la meditación, la oración o el simple acto de estar en la naturaleza. Para mí, es una experiencia palpable, una sensación de estar en sintonía con el universo y de reconocer que todo lo que nos rodea está interrelacionado.

Un aspecto esencial de esta conexión es la confianza en que existe un propósito mayor en nuestras vidas. A veces, tenemos una sensación de desesperanza, nos sentimos perdidos y desconectados. En esos momentos, es importante recordar que cada experiencia, cada desafío, tiene su razón de ser, y a través de la conexión con lo divino, podemos encontrar significado incluso en las situaciones más difíciles, transformando el dolor en aprendizaje y crecimiento.

Al enfrentar los desafíos, invoco esa conexión, confiando en que hay un guía superior que me acompaña en cada paso del camino, sabiendo que nunca estoy sola. En los momentos de soledad y desesperación, siempre hay una presencia amorosa que me sostiene, y a través de esta comprensión, he aprendido que la verdadera sanación no solo proviene de técnicas y métodos, sino de reconocer que somos parte de un todo, un tejido interconectado de amor y energía.

En mis propias experiencias, cada vez que me he visto enfrentada a situaciones desafiantes, la fe ha sido mi ancla. Esta fe me ha proporcionado una fuerza inquebrantable y una claridad renovada, permitiéndome ser un faro de luz para mi vida y para mi entorno. Al abrazar esta espiritualidad, no solo me he transformado a mí misma, sino que también he visto cómo otras personas se empoderan para sanar y crecer.

A través de la meditación y la conexión con lo divino, he podido liberar el miedo y las dudas, y he permitido que la energía del amor y la esperanza fluyan a través de mí. La energía que fluye en un proceso de sanación es en sí misma una expresión de fe, amor y compasión.

La fe, el amor y la compasión son energías tan poderosas, que cuando se manifiestan de manera honesta, son capaces de transformar vidas.

En cada sesión de sanación, siento cómo el amor fluye, y ese amor es un reflejo de lo divino. He visto a personas liberarse de patrones negativos, sanar heridas emocionales y encontrar su verdadero propósito al abrirse a esta energía amorosa y lograr la conexión.

Esta conexión no se limita a las sesiones de terapia. A medida que me adentro en mi propia práctica espiritual, he aprendido a llevar esta energía divina a todos los aspectos de mi vida.

Hoy me siento más en paz y conectada que nunca con la divinidad. En mi corazón sé que todos estamos conectados en esta búsqueda eterna. He encontrado un equilibrio entre mi crianza y mi nuevo camino y he aprendido que la búsqueda espiritual es un viaje personal donde no hay respuestas absolutas. Cada paso dado, cada pregunta hecha, me ha llevado a un entendimiento más profundo de mí misma y del universo.

En aquellas situaciones difíciles que se presentan en mi vida, o en mi entorno, es donde se pone a prueba la fe en mis propias habilidades y en la verdadera naturaleza de ser una sanadora. He comprendido que ser una sanadora es un acto de entrega y empatía profunda.

Integrando mis conocimientos he encontrado mi propósito: ayudar a otros a encontrar su propia conexión y a recordar que somos seres de energía, creados a imagen de lo divino, destinados a sanar y a ser sanados.

Hoy, en cada práctica, experimento un renacer en mi propósito, y en cada proyecto y en cada interacción, busco llevar esa esencia de servicio y autenticidad.

Estoy agradecida por este nuevo camino que va más allá de lo convencional, y que me inspira a ser un faro de luz para otros que buscan su propio propósito.

EPÍLOGO

Un Nuevo Comienzo

El cambio de las ciencias a la sanación no fue fácil. A pesar de los logros que había alcanzado como ingeniera, siempre había un vacío que me inquietaba, un anhelo de encontrar un propósito más profundo y auténtico.

Al principio, luché contra mis propias creencias y prejuicios, y por supuesto con la resistencia de quienes me rodeaban, especialmente de mi esposo y mi hija, quienes veían mis nuevas ideas con cierta desconfianza.

Desafiar estas creencias me ha llevado a un camino hacia la libertad y la autenticidad. A través de este proceso, he descubierto un amor más profundo y significativo por Dios y por mí misma, he abierto mi corazón a nuevas posibilidades y he permitido que el amor fluya en mi vida.

Hoy, sigo desafiando mis ideas y creencias a diario, sabiendo que este es un proceso continuo de crecimiento, un acto de valentía que nos invita a mirar hacia adentro y a cuestionar lo que hemos dado por sentado. Descubrí que la espiritualidad es un viaje, no un destino, no es una línea recta, sino un viaje lleno de giros y vueltas. Las creencias que antes consideraba inamovibles han comenzado a transformarse en oportunidades de aprendizaje, y en lugar de sentirme limitada por ellas, he empezado a verlas como peldaños en mi camino hacia una relación más profunda con lo divino.

He aprendido que la autenticidad no se encuentra en seguir ciegamente las normas, sino en tener el coraje de explorar, cuestionar y redefinir lo que creemos.

Al hacer esto, me he acercado más a Dios, encontrando un amor que es inclusivo, expansivo y transformador, y a medida que continúo este viaje, llevo conmigo todas las lecciones aprendidas, las que me inspiran a vivir con autenticidad y amor, desafiando las expectativas y creencias que ya no me sirven.

Cada nuevo desafío se presenta como una oportunidad para crecer y evolucionar. A través de la meditación, la oración y el aprendizaje continuo, me esfuerzo por mantener mi mente y corazón abiertos a nuevas ideas y experiencias.

La conexión profunda que mantengo con la Virgen María y Santa María Magdalena también me ha ayudado a aprender que el amor es una fuerza transformadora. Ellas enfrentaron sus propios desafíos y, sin embargo, encontraron la manera de vivir y actuar desde un lugar de amor profundo e incondicional. Este aprendizaje me inspira a hacer lo mismo, no solo en mis relaciones personales, sino también en cada cosa que realizo.

He aprendido que, al ayudar a otros a desafiar sus propias creencias para que puedan ir soltándose y liberándose, puedo ser un canal de amor y sanación en sus vidas.

Al mirar hacia atrás en mi viaje, desde los comienzos en mi familia, incluidos los desafíos vividos para convertirme en la primera profesional en mi hogar, hasta ahora abrazar mi nueva vida, me siento llena de amor y gratitud.

Este camino no ha sido lineal ni fácil; ha estado marcado por momentos de duda, escepticismo y lucha, donde mi capacidad de resiliencia se ha puesto a prueba una y otra vez. Sin embargo, cada desafío ha sido un maestro llevándome a descubrir mi verdadero propósito en la vida: aprender, enseñar y ayudar a otros en su sanación.

La historia de mi vida, mi viaje de las ciencias a la sanación, transformándome de ingeniera a sanadora, es un testimonio de que, sin importar de dónde venimos o qué obstáculos enfrentamos, siempre hay un camino hacia la sanación y a nuestro crecimiento espiritual. En ese camino, cada uno de nosotros tiene el poder de crear un impacto significativo, no solo en nuestras propias vidas, sino también en el mundo que nos rodea.

Cada oportunidad de ayudar a otro es también una oportunidad para seguir creciendo y aprendiendo. Cada historia de vida me enriquece, y cada logro reafirma mi decisión de emprender este camino.

La ingeniería me enseñó a resolver problemas, a analizar situaciones complejas y a encontrar soluciones prácticas. Pero fue en la sanación donde encontré la magia de la conexión humana y el poder transformador de la energía universal. A través de mis experiencias, he aprendido que la verdadera fortaleza no radica solo en el conocimiento técnico, sino en la capacidad de empatizar y comprender las emociones que nos definen.

La estigmatización de la sanación energética ha sido uno de los principales desafíos que he experimentado en este nuevo camino.

Aprender a comunicar mi enfoque y principios de manera efectiva, enfrentando el escepticismo, los prejuicios, y la barrera de falsas creencias, ha sido un constante reto.

Sin embargo, cada práctica, cada taller, cada vida que se cruza en mi camino me recuerda que mi viaje es mucho más que un cambio de carrera. Es una transformación que resonaba en mí y en quienes me rodeaban.

A través de la sanación, he descubierto un nuevo propósito, uno que no sólo sana, sino que también empodera.

Mi misión ahora es más clara: deseo aprender, enseñar e inspirar a otros a que se embarquen en su propio viaje de sanación. Cada uno de nosotros lleva dentro de sí una chispa única de luz, una energía que puede ser sanadora y liberadora. He visto el impacto que puede tener un simple acto de escucha, un gesto de compasión, o la enseñanza de técnicas para gestionar el estrés y la ansiedad.

La transformación personal es posible, y estoy comprometida a ser un faro de esperanza y guía para quienes buscan recuperar su poder interior.

La sanación no es un destino, sino un viaje continuo. Es un proceso que requiere valentía y dedicación, pero también ofrece recompensas invaluables: la paz interior, la autocompasión y la conexión con uno mismo y con los demás.

Mi camino de ingeniera a terapeuta ha sido una travesía llena de altibajos, pero cada paso me ha llevado a un lugar de mayor comprensión, no solo de mí misma, sino también de la humanidad en su conjunto. He aprendido que la vida es un proceso de constante transformación, un viaje que nunca deja de sorprendernos.

Este viaje no tiene un final definido, pero sé que cada paso que doy en este camino me acerca más a la verdad de quién soy y al amor divino que siempre me rodea.

Mi historia sigue escribiéndose. Tengo muy claro que la búsqueda de la verdad es un viaje continuo, y estoy emocionada y entusiasmada por lo que el futuro me depara. Sé que en cada rincón del mundo hay personas esperando descubrir su propio poder, listas para iniciar su viaje de transformación.

A todas las personas que han estado a mi lado, a aquellas que han compartido sus historias, y a las que están por venir, les digo: su camino es sagrado. Cada paso que den hacia su sanación es un paso hacia la autenticidad y el amor propio.

A través de este libro comparto mi historia con la intención de alentar a otros a explorar sus propias creencias, a buscar su propia verdad, a nunca dejar de cuestionar.

Agradezco a mi esposo Heinrich y a mi hija Sabine que, aunque no lo comprenden del todo, entienden que el valor de las sanaciones no se mide en cifras o certezas, sino en la capacidad de cambiar vidas, incluyendo las nuestras. Aunque la duda sigue allí, han aprendido a respetar y valorar lo que hago. Tal vez no entienden todas las sutilezas de la energía y la sanación, pero si comprenden lo que significa para mí y para las personas a las que ayudo, y para mí eso es suficiente.

El verdadero amor no siempre implica entender por completo, sino estar dispuesto a acompañar, a pesar de los miedos y las dudas, y eso me impulsa a seguir con más fe, amor, fuerza y entusiasmo, en este camino.

Me comprometo a seguir explorando, aprendiendo y compartiendo lo que he descubierto, a esforzarme por integrar lo mejor de mis dos mundos: la lógica de la ingeniería y la sensibilidad de la sanación. La energía universal es un recurso infinito, y cada día trae consigo nuevas oportunidades para conectarnos, sanar y crecer.

Espero haber sembrado semillas de esperanza en aquellos que se encuentran en la encrucijada de su propia transformación. La vida está llena de oportunidades para crecer y evolucionar, y cada uno de nosotros tiene el potencial de convertirse en un faro de luz para otros. A veces, todo lo que se necesita es un empujón, una palabra de aliento o la simple certeza de que la sanación es posible.

Mi deseo es que cada persona que se cruce en mi camino se sienta apoyada, valorada, capaz de enfrentar los desafíos de la vida con confianza y resiliencia, sabiendo que puede tomar las riendas de su vida, transformar su dolor en poder y encontrar su felicidad.

La búsqueda de la divinidad es un viaje personal y cada uno tiene su propio camino, sin embargo, juntos, podemos crear un mundo donde cada individuo se sienta valorado, escuchado y empoderado para brillar.

Los invito a todos a abrirse a la posibilidad de transformación y a ser agentes de cambio en sus propias vidas y en las de los demás, a embarcarse en su propio viaje al alma, escuchar su voz interior y a permitir que la energía universal les guíe hacia una vida más plena y auténtica.

A medida que continúo este camino y reflexiono sobre mi transformación, siento una profunda sensación de paz y gratitud. Me siento honrada de ser parte de este proceso de sanación, uniendo mentes y corazones, una persona a la vez. La luz que busco no sólo está en un lugar específico, sino que brilla en la diversidad de pensamientos y experiencias humanas.

A todos los lectores que me han acompañado en este viaje, les agradezco por permitirme compartir mi historia. Los animo a abrazar su autenticidad y a recordar que, en la búsqueda de la sanación, nunca están solos.

Made in the USA
Columbia, SC
11 May 2025